La lengua de los Elfos

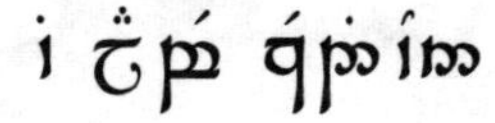

Luis González Baixauli

La lengua de los Elfos

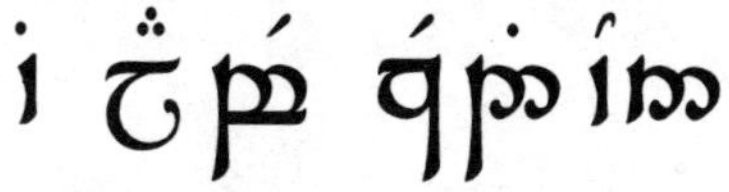

Una gramática
para el quenya de J.R.R. Tolkien

TENGWESTA KWENYAVA

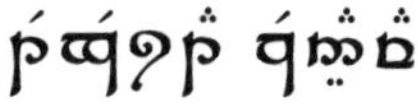

Minotauro

Primera edición: septiembre de 1999
Segunda edición: abril de 2000

Rambla de Catalunya, 62. 08007 Barcelona
Fax 93 487 18 49

ISBN: 84-450-7316-8
Depósito legal: B. 15.407-2000

Impreso en Romanyà/Valls
Verdaguer 1. Capellades (Barcelona)

Impreso en España
Printed in Spain

Para Nines y Luis

Proemio

Hay algunas personas que consideran una pérdida de tiempo estudiar lenguas muertas, como puedan ser el latín o el griego. A veces me pregunto qué pensaría esa gente si me viera pasar horas y horas escudriñando papeles, libros y páginas de internet en busca de nuevos indicios que me ayuden a comprender mejor el quenya, una lengua que ellos seguramente considerarían inexistente. Sobre la primera afirmación no hace falta añadir mucho: se descalifica por sí sola. Toda lengua, viva o muerta, es un monumento imperecedero a la cultura de la humanidad y sólo por eso ya merece ser tenida en cuenta. Sobre la segunda... ¿acaso puede mantenerse la acusación de «inexistente» para una lengua que estudian (e investigan) cientos de personas a lo largo y ancho de todo el mundo?

Mi respuesta a esa pregunta, creo, se encuentra contenida en estas páginas.

De entre todas las creaciones de J. R. R. Tolkien, posiblemente el quenya sea de la que más orgulloso se sentía, por encima de sus trabajos filológicos, leyendas y cuentos. Tanto es así, que en un principio la concibió como la lengua de los dioses, embellecida todavía más por los elfos. Constituye además el punto de partida para la creación de todo su ciclo mitológico: él mismo afirmó en una ocasión que las leyendas surgieron para proporcionar hablantes a sus lenguas inventadas. Es posible que sin el quenya hoy no pudiéramos disfrutar de *El Señor de los Anillos*. Estos argumentos ya justificarían mi curiosidad por este idioma, pero hay otro mucho más importante: su belleza y el enorme grado de desarrollo que Tolkien consiguió alcanzar lo convierten en una lengua suficientemente interesante por sí misma como para dedicarle parte de nuestro tiempo.

Pero para poder estudiar un idioma es muy importante disponer de libros de referencia, tales como manuales, gramáticas, diccionarios, cursos... Tolkien no nos dejó ninguno, pero «estudiosos» de todo el mundo han intentado solucionar este problema. En este momento ya existen varias obras dedicadas a sus lenguas, y al quenya en particular. Más aún, rumores procedentes del otro lado del Atlántico anuncian nuevas e importantes novedades. La calidad de esos libros es muy variable. Algunos fueron clásicos en su tiempo, pero la gran cantidad de material que ha aparecido en los libros de *la Historia de la Tierra Media* desde su publicación los ha dejado anticuados; otros dejan mucho que desear; y unos pocos son realmente maravillosos. Pero a pesar de eso yo me he empeñado en escribir uno más. ¿Por qué? Por tres motivos fundamentales.

En primer lugar, porque los libros que en estos momentos están disponibles son en su mayor parte diccionarios, con muy poca o ninguna información gramatical. La principal excepción es el *Basic Quenya* de Nancy Martsch, un curso introductorio muy recomendable para empezar a conocer esta lengua. Dentro de la oferta existente es, en mi opinión, el mejor y más completo. Sin embargo, también tiene un defecto: su estructura en lecciones es muy útil para el aprendizaje pero impide una búsqueda ágil de los datos. Me encontraba con la necesidad de una gramática en el estricto sentido de la palabra, un libro en el que estuviese recogida toda la información disponible sobre el quenya, de forma ordenada y fácil de localizar.

Por otro lado, cada «investigador» tiene sus propias ideas e interpretaciones. Este hecho apenas tendría importancia si existiera una gran cantidad de ejemplos y explicaciones de Tolkien. Sin embargo, los ejemplos son escasos y las explicaciones prácticamente inexistentes. Así, según iba traduciendo el *Basic Quenya* para el boletín de la Sociedad Tolkien Española, cada vez iba añadiendo más notas de traductor con mis aportaciones. A pesar de todo, sigo pensando que el BQ es francamente bueno, incluso insuperable en algunos puntos: los apartados de esta gramática dedicados a las terminaciones de género en los nombres y a las palabras compuestas son casi una reproducción textual de lo expuesto allí.

Y por último, porque todos esos libros están escritos en inglés (salvo una elogiosa excepción en francés). Todo aquel que intente aproximarse al quenya con cierta profundidad pronto descubrirá que si quiere llegar lejos en su estudio tendrá que trabajar en el idioma de J. R. R. Tolkien. Sin embargo, siempre se agradece disponer de algún texto básico de referencia en castellano. Por otro lado, conozco varias personas que, sin saber inglés, me han contado que les gustaría poder introducirse en el quenya.

Así pues, ante la necesidad de una gramática ordenada y la urgencia de exponer mis propias ideas, me lancé a escribir este libro. A la hora de redactarlo, he seguido siempre un criterio fundamental: separar claramente los datos contrastados de mis interpretaciones personales. En un principio la tarea fue fácil, ya que tenía una idea muy clara de lo que quería: una gramática completa, que no dejara de lado ningún tema y que presentara la información de la manera más manejable posible. De esta forma, la primera versión estuvo lista en un par de meses. Después vinieron el apartado sobre las tengwar y los diccionarios, sin los cuales en estudio pretendidamente serio sobre el quenya quedaba incompleto. La realización de los vocabularios, así como las continuas revisiones, ampliaciones y correcciones de lo ya escrito, convirtieron esos primeros dos meses en un breve comienzo.

Por desgracia, durante el camino me he encontrado con algunas dificultades, ya que el número de puntos desconocidos o muy dudosos en la gramática quenya es muy elevado. Para tomar una decisión sobre ellos, o simplemente decir algo más que «no se sabe nada», he intentado recurrir a la comparación con los tres idiomas más próximos al quenya: el sindarin en la Tierra Media, y el finés (como base gramatical) y el inglés (como idioma más familiar para Tolkien) en nuestro mundo. Al final, creo que he conseguido dar alguna posibilidad mínimamente fundamentada en todos los campos. Esperemos que la progresiva publicación de los textos lingüísticos de Tolkien que todavía quedan inéditos nos permita cambiar poco a poco las suposiciones por certezas.

Una última cosa antes de terminar. Ruego a todos los lectores que, si no las aceptan, al menos comprendan las teorías ortográficas del autor para el quenya. Sé que son discutibles, y bastante discutidas, pero para mí son demasiado obvias como para no adoptarlas. Ver escrito «kwenya» pueda resultar chocante al principio, pero estoy convencido de que es lo correcto.

Valladolid - Imladris, junio de 1996;
Sabadell - Valle, mayo de 1999.

Quisiera agradecer todos los comentarios que han ayudado a mejorar esta segunda edición, especialmente los de Josu Gómez, Germán Jaramillo y Vicente Reglà.

Sabadell - Valle, febrero de 2000.

GRAMÁTICA

1. INTRODUCCIÓN

§1. En un principio la palabra quenya era solamente un adjetivo que significaba «referente a los quendi». A partir de la expresión **quenya lambe**, «lengua de los quendi», pasó a ser también el nombre con el que se designó a la antigua lengua hablada por todos los elfos en Cuiviénen [WJ]. Sin embargo, con el paso del tiempo el significado se restringió a los dialectos de los elfos de Aman, y más tarde a los hablados por vanyar y noldor. El dialecto de los vanyar, conocido más tarde como **quendya**, permaneció inalterado en Valinor, mientras que el de los noldor exiliados evolucionó durante su estancia en la Tierra Media. Para evitar confusiones, en esta gramática se utilizará la palabra **quenya** para designar al idioma propio de los elfos noldor y la palabra **protoélfico** para designar al idioma original de los elfos en Cuiviénen.

§2. El quenya apenas cambió durante la estancia de los noldor en Valinor; por tanto, cuando se reencontraron con los elfos sindar (cuyo idioma se había desarrollado mucho más rápidamente en la Tierra Media) sus lenguas eran muy diferentes. La distancia entre ambos idiomas se manifiesta especialmente en la gramática, mientras que el vocabulario sigue compartiendo las mismas raíces protoélficas. Durante la Primera y la Segunda Edad del sol el quenya fue evolucionando, aunque no tan rápido como lo había hecho el sindarin durante las edades anteriores, ya que los noldor se encontraban en regresión y habían abandonado el uso de su idioma en beneficio de la lengua de los elfos grises.

§3. Así, en la Tercera Edad el quenya era una lengua muerta, una especie de «latín élfico» que los elfos y otras razas aprendían para utilizarlo en ocasiones de gran solemnidad, como juramentos, o promesas. El quenya había perdido la categoría de lengua materna entre los noldor, que lo aprendían de generación en generación a partir de los mismos libros, y lo usaban como lengua propia de la cultura, el arte y el conocimiento. Este aprendizaje a partir de libros impidió la evolución normal del idioma.

§4. A pesar de todo, se pueden distinguir dos variedades de quenya en esta edad. El quenya clásico, que aparece en los antiguos libros de sabiduría de los cuales se aprende el idioma; y un quenya coloquial, más simplificado y manejable, que es el usado por los hablantes de la Tercera Edad.

§5. Pero el quenya sufre una doble evolución: la propiamente histórica en la Tierra Media, y una segunda en la mente de Tolkien. A lo largo de su vida, fue modificando constantemente la gramática y el vocabulario de este idioma. Tan sólo se alcanzó un equilibrio, relativo, con la publicación de los primeros textos junto a *El Señor de los Anillos*.

§6. En esta gramática solamente vamos a estudiar la variante coloquial del quenya de la Tercera Edad, tomada de los últimos textos de Tolkien (los contemporáneos y posteriores a la escritura de *El Señor de los Anillos*). No obstante, cuando sea necesario también recurriremos a escritos anteriores para completar y contrastar datos. Esta variedad es la que usan los personajes que aparecen en los libros de Tolkien y en la que están escritos sus poemas. Las declinaciones del quenya clásico son conocidas [véase BQ]; pero no tienen una gran utilidad, ya que no sabemos cómo son el vocabulario y la conjugación de los verbos en esta modalidad. No las veremos en esta gramática.

2. SONIDOS Y PRONUNCIACIÓN

2.1. *Introducción*

§7. La pronunciación del quenya varía mucho a lo largo de la historia de la Tierra Media. Con el paso de las edades algunos sonidos se confunden y otros simplemente desaparecen. Nosotros vamos a considerar como «definitiva» la pronunciación de la Tercera Edad.

§8. Por otro lado, las constantes vacilaciones de Tolkien a la hora de asignar letras a los sonidos provocan que haya distintas formas para la misma palabra. Así, en el *Señor de los Anillos* aparece cirya, para intentar crear una semejanza visual con el latín; sin embargo, en otros escritos posteriores introduce la notación de kirya. Tolkien no llegó a completar esta «uniformización» escribiendo **kw-** en lugar de **qu-**, al igual que utiliza **gw-**, **khw-** y **gnw-**. A lo largo de esta gramática vamos a intentar dar una escritura coherente y uniforme a todas las palabras. Así pues, a partir de ahora hablaremos siempre del kwenya.

2.2. *Consonantes*

§9. El kwenya original poseía las siguientes consonantes (el símbolo fonético aparece depués de la grafía que usaremos durante esta gramática):

- **t** / t /, como en castellano.
- **p** / p /, como en castellano.
- **k** / k /, como en castellano.
- **d** / d /, siempre como la «d» fuerte de principio de palabra en castellano. Por ejemplo en «dato».
- **b** / b /, siempre como la «b» fuerte de principio de palabra en castellano. Por ejemplo en «boca».
- **g** / g /, siempre como la «g» fuerte de principio de palabra en castellano. Por ejemplo en «gato».
- **th** / θ /, como la «z» castellana.
- **f** / f /, como en castellano.
- **kh** / x /, como la «j» castellana.
- **n** / n /, como en castellano.
- **m** / m /, como en castellano.
- **gn** / ŋ /, la «n» velar que aparece en «hongo». En quenya, además de ser un alófono de la «n» delante de «k» y «g», puede aparecer como un sonido independiente al comienzo de palabra: **gnoldo**. Algunas veces Tolkien recurre a la grafía «ñ» para representar este sonido: **ñoldo**.
- **r** / ɹ /, una «r» no vibrante, parecida a la de final de palabra inglesa cuando después sigue una palabra que empieza por vocal.
- **v** / v /, parecida a la segunda «b» de «bebé», pero pronunciada con los labios como si se fuera a hacer una «f».
- **w** / w /, la «u» semiconsonántica que aparece al inicio de un diptongo, por ejemplo en «huevo» o «guapo».
- **y** / j /, la «i» semiconsonántica que aparece al inicio de un diptongo, por ejemplo en «viejo» o «yema».
- **r** / r /, una «r» vibrante simple en todas las posiciones, como la que aparece en «cara».
- **l** / l /, como en castellano. No obstante, se palataliza en cierta medida (aproximándose a la elle castellana) entre «e» o «i» y otra consonante, o al

final de palabra después de estas mismas vocales.

- **s** / s /, como en castellano.
- **z** / z /, una «s» sonora, como en inglés »zero» o en castellano «desde».
- **h** / h /, una hache aspirada, como en inglés.
- **hw** /ʍ/, una «w» sorda, se puede aproximar pronunciando una «h» aspirada con la boca como si se fuera a hacer una «w».
- **hy** / ç /, una «y» sorda, se puede aproximar pronunciando una «h» aspirada con la boca como si se fuera a hacer una «y».
- **hl** / ɬ /, una l sorda. Aparece en idiomas de origen celta, se podría aproximar, muy ligeramente, realizando un sonido silbante con la boca en la posición de una ele.
- **hr** / r̥ /, una r sorda. Aparece en idiomas de origen celta, se podría aproximar ligeramente realizando una aspiración con la boca en la posición de una erre.

§10. Adicionalmente, en el alfabeto kwenya existen las siguientes combinaciones: **ty-**, **dy-**, **ny-**, **my-**, **ry-**, **sy-**, **ly-**, **lw-**, **nw-**, **rw-**, **sw-**, **tw-**, **kw-**, **gw-**, **khw-** y **gnw-**. No sabemos con certeza si representan una única consonante con la pronunciación afectada, al igual que pasa en el irlandés, o una consonante más la vocal inicial de un diptongo creciente. Parece que las combinaciones con **-w** sí que representan diptongos, sin embargo, el caso de **-y** es más complicado. Tolkien dice que deberían ser consonantes «palatizadas», pero pronuncia «**n** + **y**» en su Lectura del *Lamento de Galadriel* y la acentuación que da en *The Road Goes Ever On* supone la existencia de dos sonidos distintos. Como posible solución se ha propuesto que si la combinación es original se pronuncia palatizada y que si proviene de un sufijo o surge de un compuesto lo hace con consonante más **y**.

§11. Sin embargo, el paso de las edades provocó una evolución fonética en el kwenya. En primer lugar, **th**, **gn** y **w** pasaron a pronunciarse **s**, **n** y **v** respectivamente (las dos últimas sólo al comienzo de palabra); aunque continuaron escribiéndose con la misma tengwa [véase el apartado dedicado a las tengwar]. Por otro lado, **z** y **kh** se convirtieron en **r** y **h**, y **hl** pasó a ser **l** para la mayor parte de los hablantes. Además, de las dos erres, sólo sobrevivió la vibrante. No es posible datar con exactitud los cambios, sólo sabemos que en el kwenya hablado en la Tercera Edad ya estaban perfectamente asentados [AP]. Así pues, las consonantes del kwenya de la Tercera Edad son solamente: **t**, **p**, **k**, **d**, **b**, **g**, **f**, **n**, **m**, **r**, **v**, **w**, **y**, **l**, **s**, **h**, **hw**, **hy, hl** (a veces) y **hr**.
§12. Las consonantes **b**, **d** y **g** nunca pueden aparecer solas. La **b** siempre está precedida de **m**; la **d** siempre está precedida de **n**, **l** o **r**; y la **g** siempre está precedida de **n**. Adicionalmente, la **d** puede estar seguida de **-y-** y la **g** de **-w-** [véase §10].
§13. La combinación **ht** sólo aparece en el interior de palabra. Después de **i** y **e** la hache se pronuncia como si fuere **hy**, y después de **a**, **o**, y **u** como si fuera **kh**. [AP]
§14. Una consonante doble representa una consonante larga. Se pronuncia de la misma forma que las cortas pero durante más tiempo. No todas las consonantes pueden ser largas, las únicas que se encuentran en el vocabulario son **kk**, **ll**, **mm**, **nn**, **rr**, **ss**, y **tt**.
§15. Aparte de las ya mencionadas, sólo aparecen en el vocabulario definitivo las siguientes combinaciones de consonantes: **ks, lk, lm, lp, lr, lt, lv, mn, mp, mr, nk, nt, nv, ps, pt, rk, rm, rn, rs, rt, rv**, **st, sk**, y **ts**. Por su parecido con otras existentes, podemos suponer la existencia de **ln**, **ls, rl, rp**, y **sp**. Si la segunda consonante del grupo puede estar seguida de **-y** o **-w**, se podría formar una combinación de tres consonantes. Resumiendo los párrafos anteriores tenemos las siguientes posibilidades:

ht
kk, ks
ld, lk, ll, lm, *ln*, lp, lr, *ls*, lt, lv
mb, mm, mn, mp, mr
nd, ng, nk, nn, nt, nv
ps, pt
rd, rk, *rl*, rm, rn, *rp*, rr, rs, rt, rv
sk, ss, st
ts, tt

§16. Las palabras en kwenya sólo pueden terminar en vocal o en las siguientes consonantes: **n**, **l**, **r**, **s** y **t**.

2.3. Vocales

§17. El kwenya posee diez vocales, cinco cortas y cinco largas: **a**, **e**, **i**, **o**, **u**, **á**, **é**, **í**, **ó** y **ú**. Las vocales cortas son como las castellanas, excepto la **e** y la **o** que se pronuncian más abiertas (son como las abiertas del catalán). Las vocales largas se indican mediante una tilde y se pronuncian todas de la misma forma que las equivalentes castellanas, sólo que durante más tiempo. Las vocales largas no tienen por que ser tónicas. En determinadas circunstancias una vocal corta puede convertirse en larga. Este fenómeno se llama alargamiento y se representa añadiendo la tilde a la vocal. Una vocal larga siempre lo será, aunque se añadan terminaciones a la palabra.

§18. La distinción anterior es de tipo fonético. Existe otra división de carácter gramatical: consideramos que una vocal es gramaticalmente larga si es fonéticamente larga, forma parte de un diptongo, o está seguida por más de una consonante. Será gramaticalmente corta en el resto de los casos.

2.4. *Diptongos*

§19. Además de los diptongos crecientes (que están marcados con **y-** y **w-** y se pronuncian con entonación ascendente), el kwenya tiene seis diptongos decrecientes: **ai**, **oi**, **ui**, **au**, **eu** y **iu**. Cualquier otra combinación de vocales debe pronunciarse como dos sonidos independientes. Estos diptongos tienen la entonación descendente, es decir, la vocal que se pronuncia con más intensidad es la primera; no obstante, en la Tercera Edad, en **iu** la vocal fuerte pasa a ser la **-u**. [AP]

2.5. *Acentuación*

§20. En las palabras kwenya no se indica gráficamente la situación de la sílaba tónica. Las palabras de dos sílabas son todas llanas. Las palabras de tres o más sílabas son esdrújulas cuando la penúltima vocal es gramaticalmente corta y llanas cuando es gramaticalmente larga. [R]

2.6. *Diéresis*

§21. La diéresis se utiliza para separar dos vocales que deberían formar un diptongo. Sin embargo, Tolkien la emplea además para recordar que la **-e** final se pronuncia (al contrario que en inglés), y que las combinaciones **ea**, **oa** o **ie** no son diptongos. Se trata sólo de una ayuda de pronunciación para los hablantes de inglés, que el propio Tolkien no emplea al transcribir alguno de sus poemas. Al ser un elemento ajeno al kwenya, no lo usaremos a lo largo de este libro.

2.7. *Elisión*

§22. Cuando una palabra termina en **-a** y la siguiente empieza por vocal, la **-a** puede desaparecer y las dos palabras pasan a pronunciarse como si fueran una sola. En el lenguaje escrito esto se representa colocando un apóstrofe en el lugar de la vocal desaparecida. Los únicos ejemplos que tenemos de este fenómeno ocurren con palabras terminadas en **-a**, por lo que no sabemos qué pasará con las otras vocales.

> *Elen síla **lúmenn' omentienvo**, «una estrella brilla sobre la hora de nuestro encuentro» [CA]*
> *Sinome maruvan **tenn' Ambar-metta**, «En este lugar moraré hasta el fin del Mundo» [RR]*

3. EL ARTÍCULO

§23. En kwenya la palabra **i** corresponde a todas las formas del artículo definido: «el, la, los, las». No existe equivalente del artículo indefinido «un, una, unos, unas». Dependiendo del contexto, se puede usar también **i** o bien no poner nada.

*Sí man **i** yulma nin enkwantuva?, «¿quién me rellenará **la** copa ahora? [CA]*
*tintilar **i** eleni, «centellean **las** estrellas» [CA]*
*Mana **i** coimas Eldaron?, «¿qué es **el** pan de vida de los elfos?» [PM]*

§24. Al igual que pasa en el inglés, el artículo kwenya **i** se omite en muchas ocasiones que habrían necesitado el artículo correspondiente en castellano. Sólo es obligatorio cuando realmente determine al nombre que está acompañando. Así, a veces se omite cuando tiene un carácter genérico un plural, «las hojas caen»; y no se utiliza delante de nombres propios, incluyendo los de lugares, así como los puntos cardinales y conceptos genéricos (por ejemplo, la «oscuridad»).

*Mornie kaita i falmalinnar imbe met, «(**la**) oscuridad yace sobre las muchas olas entre nosotras dos» [CA]*
*Lassi lantar laurie súrinen, «(**las**) hojas caen doradas en el viento» [CA]*
*Romello vanwa, «desde (**el**) este perdido» [CA]*

4. EL NOMBRE KWENYA

4.1. Introducción

§25. Donde mejor se nota la influencia del finés en el kwenya es en la estructura de los nombres, aunque por suerte está bastante simplificada. De una manera rápida podríamos señalar como principales características del nombre kwenya (que ya iremos analizando poco a poco en apartados posteriores): la ausencia de género, sus cuatro números y su carácter declinativo.

4.2. Género

§26. Según todos los indicios no existe género en kwenya; o al menos no como en castellano, para todas las palabras y con terminaciones propias de masculino y femenino. Una posible opción sería que, como ocurre en el galés, todas las palabras tengan un género determinado, pero que no se manifieste en su forma sino en determinadas circunstancias gramaticales. Sin embargo, es algo que no pasa ni en finés ni en inglés, por lo que no es probable que pase en kwenya. Además, en las *Etimologías* Tolkien no menciona el género de las palabras, excepto de unas pocas aplicables a personas, lo que refuerza esta teoría.

§27. Aunque hemos visto que en general no existe género, hay unos pocos nombres que cambian de forma según se refieran a una persona masculina o femenina, como pasa en inglés para «king» y «queen» («rey» y «reina»). Este cambio puede afectar a una gran parte de la palabra, pero normalmente sólo se ve reflejado en la terminación. Así, nombres que acaben en **-e**, **-i** y **-ie** se aplican normalmente a femeninos, y nombres que acaben en **-o** y **-u** suelen aplicarse a masculinos.

*Nild**e**, «amiga»; y nild**o**, «amigo» [E]*
*Her**i**, «señora»; y her**u**, «señor» [E]*

§28. Existen además ciertos sufijos que sólo aparecen al final de nombres propios masculinos y otros que sólo aparecen en nombres propios femeninos. Estas terminaciones se suelen emplear para hacer un nombre propio a partir de un nombre común o un adjetivo. Con este sentido personificador tenemos **-a**, **-ie**, **-(i)me** para femenino y **-o**, **-on**, **-(i)mo** para masculino. El sufijo **-e** puede pertenecer a ambos géneros, pero es más frecuente en femenino. El sufijo **-we** también se aplica a los dos sexos, pero es más común en masculino.

*Vard**a**, «La exaltada, La elevada» [S]*
*Nám**o**, «El que ordena, El juez» [S]*

§29. Hay otros sufijos que también se utilizan en la formación de nombres propios, pero que además añaden un significado característico. Así, para nombres propios femeninos tenemos: **-wen**, «doncella»; **-ndis**, **-nis**, quizás **-isse**, «mujer»; **-ien**, «doncella, hija»; **-iel**, «hija, doncella, mujer»; **-rien**, **-riel**, «doncella engalanada»; **-rel**, **-sel**, «hija»; **-ndilme**, «amante de». Son sufijos masculinos: **-ion**, «hijo, hombre»; **-ndil**, «amante de»; **-ndur**, «sirviente de». Los sufijos que comienzan por la combinación **-nd-** pueden acortarla a **-n-** o cambiar la **-n-** por **-l-** o **-r-**.

*Earwen, «**Doncella** del mar» [S]*
*Tindómerel, «**Hija** del crepúsculo» [S]*
*Anárion, «**Hijo** del sol» [S]*
*Elendil, «**Amigo** de Elfos» o «**Amante** de las estrellas» [S]*

4.3. *Número*

§30. Además del singular y el plural del castellano, el kwenya posee otros dos tipos de plural: el dual y el partitivo o múltiple. El **singular** se usa cuando sólo hay una cosa, el **plural simple** cuando hay varias y el **plural dual** cuando sólo hay dos. El **plural partitivo** es más complicado. En nuestro único ejemplo está precedido del artículo; en estas circunstancias su significado parece ser el de «muchos» (de ahí viene el nombre de plural múltiple que se utiliza normalmente). Sin embargo, Tolkien lo llama plural partitivo, por lo que podemos deducir que quizá su uso normal sería señalar varios elementos de un conjunto mayor. Durante la Tercera Edad el dual se restringe a parejas de origen natural, como puedan ser las manos [C]. Adicionalmente, para los nombres de razas también existe un **plural genérico** que se utiliza para englobar a todos los integrantes de esa raza.

§31. En nominativo los nombres acabados en **-a**, **-o**, **-u** y **-ie** forman el plural simple añadiendo **-r**; los terminados en consonante añadiendo **-i** y los terminados en **-e** cambiando la **-e** por **-i**. No sabemos cómo se construye el plural simple de los nombres acabados en **-i**. El único ejemplo disponible sigue el primer sistema, pero aparece junto a una forma irregular de plural en **-e**, así que también podría ser una palabra irregular [véase §32]. El plural partitivo se forma mediante la partícula **-li**, «muchos»; y el plural dual normalmente con el sufijo **-t**. Sin embargo, por motivos de eufonía se utiliza la terminación **-u** para construir el dual en palabras cuya última consonante es **-t** o **-d**, desplazando la vocal final si existe (por ejemplo: **aldu** de alda) [C]. Originalmente la terminación **-t** era puramente numeral y **-u** se reservaba para parejas. El plural genérico se forma siempre añadiendo la partícula **-lie**, «pueblo», y la palabra resultante se declina como un nombre normal.

Ainur, «Los Sagrados» [S]
Lassi, «hojas» [CA]
*I falmalinnar, «sobre las **muchas** olas» [CA]*
*Maryat, «sus **dos** manos» [CA]*
*Eldalie, «**pueblo de los** elfos, **todos los** elfos» [S]*

§32. Existen diversos nombres con plurales irregulares. Algunos pueden tratarse de residuos de formas más tempranas, o incluso de errores; pero en las *Etimologías* nos encontramos con una gran cantidad de nombres de los que se especifica un plural irregular, lo que confirma su existencia. Normalmente la irregularidad está causada por una raíz protoélfica que reaparece de una u otra forma al hacer el plural. Otra irregularidad bastante extendida aparece en nombres acabados en **-e** que forman el plural añadiendo **-r**, cambiando de declinación. Seguramente estas irregularidades se mantendrán a lo largo de toda la declinación de la palabra.

***rá**, plural **rávi**, «león» (de **RAW-**) [E]*
***peltas**, plural **peltaksi**, «pivote» (de **PEL-** + **TAK-**) [E]*
***Tyelle**, plural **tyeller**, «grado» [AP]*
***Valarauko**, plural **valaraukar**, «demonio de poder (Balrog)» [S]*

4.4. *Declinación*

§33. Al igual que el latín o el finés, el kwenya es un idioma declinativo; es decir, la relación entre las distintas palabras de la oración se indica mediante sufijos gramaticales, llamados casos. En kwenya hay diez casos diferentes: nominativo, acusativo, instrumental, genitivo partitivo-derivativo, genitivo posesivo-adjetival, alativo, dativo, locativo, adesivo y ablativo. Nuestro conocimiento de los casos del kwenya proviene principalmente de una carta enviada por Tolkien a Dick Plotz, fundador de la Sociedad Tolkien Americana, en la que se recogen las declinaciones completas de **kirya**, «barco», y **lasse**, «hoja» [véase BQ].

§34. Según el modo de formar el plural, podemos distinguir dos declinaciones. La primera incluye a los nombres que construyen el plural en **-r**, y la segunda a los que lo forman mediante **-i**. Dentro de la primera declinación podemos distinguir dos variedades, los nombres acabados en vocal y los acabados en **-ie**. Dentro de la segunda declinación podemos distinguir entre nombres terminados en vocal y los terminados en consonante. Además, los nombres acabados en **-e** con la penúltima vocal larga tienen algunos casos alterados. Veremos ejemplos de todos ellos.

4.5. *Nominativo*

§35. El nominativo es la base del sistema de casos. Es la forma básica de las palabras, sin ninguna terminación adicional. Se usa para palabras aisladas (por ejemplo, es la forma que aparece en los diccionarios), como sujeto de las oraciones, para vocativos y seguramente como atributo.

§36. Sus terminaciones y formas para cada número son: nada,**-r**/**-s**, **-li**, **-t** (o **-u**).

Singular	*Plural*	*Partitivo*	*Dual*
falma	falmar	falmali	falmat
alda	aldar	aldali	aldu
valie	valier	valiéli	valiet
lasse	lassi	lasseli	lasset
lóte	lóti	lótili	lótet
elen	eleni	elelli (-enili)	elent (-nit)
makil	makili	makilli (-lili)	makilt (-lit)
indis	indisi	indisili	inidist (-sit)
ear	eari	ealli (-rili)	eart (-rit)
nat	nati	natili	natu

> ***Lassi** lantar laurie, «las **hojas** caen doradas» [CA]*
> *Altariello **nainie** Lóriendesse, «**Lamento** de Galadriel en Lórien» [R]*
> *Aiya **Earendil** elenion ankalima, «salve **Earendil**, la más brillante de las estrellas» [DT]*

§37. No conocemos bien cómo se añaden todas las terminaciones a las palabras acabadas en consonante. Sabemos que las terminaciones que empiezan por vocal se añaden directamente; y que probablemente lo hagan las que produzcan combinaciones de consonantes permitidas [v. §15]. Si añadiendo la terminación podemos hacer una asimilación, hay ocasiones en las que se añade y otras que no. En los demás casos parece que se debe insertar una vocal de enlace, **-e-** en singular e **-i-** en los plurales. Las asimilaciones que pueden darse son: **-n + l-** produce **-ll-**, **-n + r-** produce **-rr-**, **-n + s-** produce **-ss-**, **-r + l-** produce **-ll-**, grupos de tres consonantes iguales seguidas se reducen a dos, y dos iguales al final de palabra se reducen a una. No parece probable que se den grupos de tres consonantes iguales, tanto en el interior como al final de palabra.

> *Elendilenna, «para Elendil» (Elendil + nna) [PM]*
> *Mindoninnar, «hacia las torres» (Mindon + nnar, luego cambiado por mindonnar) [M]*

4.6. *Acusativo*

§38. El acusativo se usa como complemento directo de la oración (el objeto que recibe la acción del verbo, por ejemplo «flecha» en la oración «Legolas lanzó una flecha») y, al igual que en latín, después de las preposiciones. En un principio tenía formas diferentes a las del nominativo, pero en el kwenya coloquial de la Tercera Edad las terminaciones son las mismas. Así, para distinguir un sujeto y complemento directo debemos ayudarnos del orden de las palabras en la oración y del significado. Esto no es así en el kwenya clásico, donde las diferencias se mantienen. En castellano aparece normalmente sin preposiciones, aunque a veces está precedido de «a».

> ***Kormakolindor**, a laita tárienna, «elevad a los **Portadores del Anillo** a las alturas» (lit. alabad) [RR]*
> *Nai hiruvalye **Valimar**, «quizás encuentres **Valimar**» [CA]*
> *Man tiruva **rákina kirya**?, «¿Quién verá un **barco roto**?» [M]*

4.7. *Instrumental*

§39. El instrumental se utiliza para expresar el complemento circunstancial de instrumento o de causa, mediante el cual o por el cual se realiza la acción. Se puede traducir por «con», «por», «por medio de», «mediante», «en», «a»... En algunas ocasiones, el uso de este caso se solapa con el locativo, que expresa el lugar en el que se realiza la acción. Si las hojas caen al viento, ¿lo hacen porque el viento las arranca, o en la corriente de aire provocada por el viento? Probablemente ambas opciones sean en parte ciertas. En estos casos dudosos se usa siempre el instrumental, aunque pueda parecer más apropiado el locativo. También se usa para expresar el agente de una frase pasiva. Entonces equivale a «por» [véase §108].

§40. Sus terminaciones y formas son: **-nen**, **-inen**, **-línen**, **-nten** (o **-unen**).

Singular	*Plural*	*Partitivo*	*Dual*
falmanen	falmainen	falmalínen	falmanten
aldanen	aldainen	aldalínen	aldunen
valiénen	valínen (-lieinen)	valielínen	valienten
lassenen	lassínen	lasselínen	lassenten
lótinen	lótínen	lótelínen	lótenten
elennen (-nenen)	eleninen	elellínen (-enilínen)	elenten (-ninten)
makilnen (-lenen)	makilinen	makillínen (-lilínen)	makilinten
indisenen	indisinen	indisilínen	indisinten
earnen (-renen)	earinen	eallínen (-rilínen)	earinten (-rnten)
natenen	natinen	natilínen	natunen

> *Lassi lantar laurie* ***súrinen****, «las hojas caen doradas* ***al viento****» [CA]*
> *I karir kwettar* ***omáinen****, «los que hacen palabras* ***con voces****» [WJ]*
> *Eleni tintilar ómaryo* ***lírinen****, «las estrellas brillan* ***en la canción*** *de su voz» [CA]*
> *Túrin Turambar turun'****ambartanen****, «Túrin Turambar dominado* ***por el destino****» [S]*

§41. En los nombres terminados en **-e** que tengan la penúltima vocal fonéticamente larga, la **-e** final se convierte en una **-i** cuando se añaden terminaciones que trasladen el acento tónico a la vocal larga [véanse los ejemplos con **súre** y **líre** del párrafo anterior]. Sólo hay ejemplos del instrumental singular, pero seguramente suceda en todos los demás casos en los que se dé esta situación.

4.8. Los genitivos

§42. El genitivo se usa para modificar el significado de un nombre mediante el uso de otro nombre. Se traduce generalmente por la preposición «de». En kwenya existen tres maneras de construirlo: mediante dos casos, el genitivo partitivo-derivativo y el genitivo posesivo-adjetival; y mediante una construcción a la que llamaremos genitivo posicional. Hay otra forma adicional, que veremos al hablar de los adjetivos posesivos [véase §76]. Cada método se usa en unas circunstancias determinadas, que con frecuencia se solapan. En caso de duda se suele usar siempre el genitivo partitivo-derivativo.

4.8.1. Genitivo partitivo-derivativo

§43. Procede de un antiguo caso partitivo que se dejó de emplear en kwenya. Se usa cuando el genitivo todavía mantiene un cierto componente partitivo, o cuando tiene connotaciones de fuente u origen; no como «posesivo» o adjetivalmente para describir cualidades. El componente partitivo aparece cuando modificamos un nombre mediante un incontable, pero colocando el énfasis en el nombre incontable (en caso contrario, si pretendemos calificar, tendríamos que usar el genitivo posesivo-adjetival). Por ejemplo, al pedir «un vaso de cerveza», ya que lo importante para nosotros es el contenido del vaso, no el recipiente. El componente derivativo aparece cuando el nombre modificador es origen o causa del nombre modificado. En *El Lamento de Galadriel* hay un ejemplo donde este caso se usa para expresar procedencia o separación («elevó sus manos de **Oiolosse**»), pero podría estar motivado por problemas de eufonía, o por la métrica del poema, ya que parece claro que debería usarse un ablativo.

§44. Sus terminaciones y formas son: **-o**, **-ron**/**-ion**, **-lion**, **-to** (o **-uo**).

Singular	*Plural*	*Partitivo*	*Dual*
falmo	falmaron	falmalion	falmato
aldo	aldaron	aldalion	alduo
valio	valiéron	valielion	valiéto
lasseo	lassion	lasselion	lasseto
lóteo	lótion	lótelion	lótito
eleno	elenion	elellion (-enilion)	elento (-nito)
makilo	makilion	makillion (-lilion)	makilto (-lito)
indiso	indision	indisilion	inidisto (-sito)
earo	earion	eallion (-arilion)	earto (-rito)
nato	nation	natilion	natuo

*Aiya Earendil **elenion** ankalima, «salve Earendil, la más brillante **de las estrellas**» [DT]*
*Hísie untúpa **Kalakiryo** míri, «la niebla cubre las joyas de **Kalakirya**» [CA]*
*Róma **Oromeo**, «cuerno **de Orome**» (procedente de él, por ejemplo por un regalo) [WJ]*

§45. Cuando se añade la terminación **-o** de genitivo singular a un nombre de la primera declinación acabado en vocal pueden ocurrir varias cosas. Si la vocal es una **-a**, la terminación desplaza a la vocal (**falma** > **falmo**); si es una **-o**, la palabra no cambia **(kiryamo** > **kiryamo)**; y si es una **-u**, la terminación se añade después de la vocal (**Eru** > **Eruo**). Esta última situación también se puede ver en las palabras que forman el dual con **-u**, ya que pasan a declinarse como una palabra de la primera declinación con esa terminación.

*Oienkarme **Eruo**, «la obra eterna **del Único**» [MR]*
*Indis i·**Kiryamo**, «la esposa del **marinero**» [CI]*

§46. El nombre en genitivo partitivo-derivativo se coloca generalmente detrás del nombre modificado si está en nominativo y delante en los demás casos, aunque hay excepciones sobre todo para evitar ambigüedades. Cuando este genitivo modifica a un nombre en acusativo que acompaña a una preposición, se coloca antes de la preposición.

> ***Vardo*** *nu luini tellumar, «bajo las cúpulas azules* ***de Varda****» [R]*

§47. Algunos nombres terminados en **-l** doblan la ele antes de añadir sufijos; así, tenemos **Altariello** que es el genitivo singular de **Altariel,** y **Silmarillion,** que es el genitivo plural de **Silmaril**. La causa de este fenómeno es etimológica, ya que se trata de compuestos que proceden de palabras con una doble ele (**rielle** y **rille** respectivamente) que desaparece al hacer el compuesto. Cuando añadimos el sufijo, la doble ele reaparece. Sólo hay ejemplos con nombres en genitivo, pero es probable que también pase en todos los demás casos. Hay que saber distinguir un nombre en genitivo que dobla la ele de un nombre en ablativo.

> ***Altariello*** *nainie Lóriendesse, «Lamento* ***de Galadriel*** *(Altariel) en Lórien» [R y PM]*
> ***Silmarillion****, «de los Silmarils» [S y E]*

4.8.2. Genitivo posesivo-adjetival

§48. Este caso constituye el genitivo propiamente dicho, ya que es el utilizado para indicar posesión. La partícula **-va** originalmente era un sufijo adjetival que se utilizaba para formar adjetivos a partir de nombres, por lo que también se puede usar cuando el genitivo se utiliza para describir una cualidad del nombre que estamos modificando. Con el paso del tiempo la faceta adjetival adquirió una mayor importancia, ya que el genitivo posicional también puede usarse para expresar posesión. Cuando se usa con este fin, el genitivo posesivo-adjetival se reserva para afirmaciones absolutas, en las que se quiere señalar la propiedad de algo sin ningún tipo de matiz [véase §52].

§49. Según la fuente a la que recurramos, este caso tiene dos o tres formas. En la carta a Plotz aparecen sólo singular y plural partitivo; sin embargo, en la nota de *The War of the Jewels* en la que se describen todos los genitivos también se da la forma para plural simple. Las terminaciones y formas conocidas son: **-va** (después de consonante es posible que cambie a **-wa**, aunque no es seguro), **-iva**, **-líva**.

Singular	*Plural*	*Partitivo*
falmava	falmaiva	falmalíva
aldava	aladaiva	aldalíva
valiéva	valíva (-lieiva)	valielíva
lasseva	lassíva	lasselíva
lótiva	lótíva	lótelíva
elenwa	eleniva	elellíva (-enilíva)
makilwa	makiliva	makillíva (-lilíva)
indiswa	indisiva	indisilíva
earwa	eariva	eallíva (-riliva)
natwa	nativa	natilíva

Mar vanwa ***tyaliéva****, «casa* ***del juego*** *perdido» [CPI]*
Róma ***Oroméva****, «cuerno* ***de Orome****» [WJ]*
Yuldar ***lisse-miruvóreva****, «tragos* ***de dulce néctar****» [CA]*

§50. Cuando un nombre terminado en vocal se declina en genitivo posesivo-adjetival singular sufre el alargamiento de la última vocal excepto si la penúltima era gramaticalmente larga. Los nombres terminados en consonante no están afectados.

Hwesta ***sindarinwa****, «Hwesta* ***del sindarin****» [AP]*

§51. En nuestros ejemplos, el nombre en genitivo siempre se coloca después del nombre a modificar. Por desgracia, todos están en nominativo, por lo que no sabemos qué pasará en los otros casos. Probablemente se actúe como en el genitivo partitivo-derivativo.

4.8.3. Genitivo posicional

§52. Cuando queremos expresar posesión pero, al contrario que en el genitivo posesivo-adjetival, la afirmación tiene un carácter relativo (un cuerno de **Orome**, porque tiene muchos), podemos usar el genitivo posicional. Esta construcción se forma poniendo el nombre del poseedor delante del nombre del objeto poseído.

Orome *róma, «un cuerno* ***de Orome****» [WJ]*

4.9. Casos de lugar

§53. De los diez casos del kwenya, el alativo, el locativo y al ablativo forman un subsistema completo, ya que sus significados son los de lugar y dirección. Son las respuestas, respectivamente, a las preguntas ¿a dónde?, ¿en dónde? y ¿desde dónde? se realiza la acción. Además, el alativo y el locativo tienen unas formas simplificadas que se usan para expresar significados asociados con ellos: son el dativo y el adesivo.

4.9.1. Alativo

§54. El alativo se usa principalmente para expresar la dirección del movimiento o el punto final de un cambio, acción o movimiento. Responde a las preguntas ¿a dónde? o ¿hacia dónde? También se puede usar para expresar el momento previsto de una acción, respondiendo a la pregunta ¿para cuándo?; la finalidad de una acción, respondiendo ¿para qué?; o el destinatario de la acción, respondiendo a las preguntas ¿para quién? o ¿a quién? Las dos últimas funciones corresponden a las de complemento circunstancial de finalidad y a la de complemento indirecto de la oración (por ejemplo Legolas en la frase: «Galadriel regaló un arco a Legolas»). Usar un caso de lugar con funciones de dativo; es decir, con alguna de estas dos, es algo que también ocurre en el finés. En castellano se traduce anteponiendo las preposiciones «a», «hacia» o «para».

§55. Sus terminaciones y formas son: **-nna**, **-nnar**, **-linnar**, **-nta** (o **-unna**). La **-r** final del plural partitivo es opcional.

Singular	*Plural*	*Partitivo*	*Dual*
falmanna	falmannar	falmalinnar	falmanta
aldanna	aldannar	aldalinnar	aldunna
valienna	valiennar	valielinnar	valienta
lassenna	lassennar	lasselinnar	lassenta
lótenna	lótennar	lótelinnar	lótenta
elenna	elennar	elellinnar	elenta
(-nenna)		(-enilinnar)	(-ninta)
makilenna	makilinnar	makillinnar	makilinta
		(-lilinnar)	
indisenna	indisinnar	indisilinnar	indisinta
earenna	earinnar	eallinnar	earinta
		(-rilinnar)	(-rnta)
natenna	natinnar	natilinnar	natunna

Elen síla ***lúmenn'*** *omentielvo, «una estrella brilla* ***sobre la hora*** *de nuestro encuentro»*, es decir, dirige su luz hacia esa hora. *[CA]*

Elenna*·nóre, «Tierra* ***hacia la estrella****» [CI]*

Sin kwente Quendingolgo ***Elendilenna****, «así dijo Pengolodh a* ***Elendil****» [PM]*

4.9.2. Locativo

§56. El locativo se usa para expresar localización en la superficie, en el interior o sobre un lugar. También puede usarse para indicar un momento temporal. Responde a las preguntas ¿donde? o, menos frecuentemente, ¿cuándo? En castellano se puede traducir anteponiendo las preposiciones «en», «sobre», «a»... No obstante, en el finés, al igual que pasa con el alativo, el caso equivalente al locativo también tiene otro uso aparte del estrictamente de lugar: sirve como verbo tener. En este idioma no existe el verbo «tener», sino que se expresa mediante la construcción «en Frodo está Dardo» = «Frodo tiene a Dardo». En el latín también pasa algo parecido, ya que tener algo en la mano se expresa con el verbo «habeo» y en el resto de los casos se utiliza una construcción de este tipo. Posiblemente en kwenya pase lo mismo. El hecho de que no se conozca ninguna forma concluyente para el verbo «tener» en kwenya refuerza esta teoría, aunque no haya ejemplos.

§57. Sus terminaciones y formas son: **-sse**, **-ssen**, **-lissen**, **-tse** (o **-usse**). La **-n** final del plural partitivo es opcional.

Singular	*Plural*	*Partitivo*	*Dual*
falmasse	falmassen	falmalissen	falmatse
aldasse	aldassen	aldalissen	aldusse
valiesse	valiessen	valielissen	valietse
lassesse	lassessen	lasselissen	lassetsa
lótesse	lótessen	lótelissen	lótetsa
elesse (-enesse)	elessen (-enissen)	elellissen (-enilissen)	elenitse
makilesse	makilissen	makillissen (-lilissen)	makilitse
indisse (-isisse)	indissen (-isissen)	indisilissen	indisitse
earesse	earissen	eallissen (-rilissen)	earitse
natesse	natissen	natilissen	natusse

Altariello nainie ***Lóriendesse,*** *«Lamento de Galadriel* ***en Lórien****» [R]*
I hárar ***mahalmassen,*** *«los que se sientan* ***en tronos****» [CI]*
Ringa ***súmaryasse,*** *«****en sus entrañas*** *frías» [M]*

4.9.3. Ablativo

§58. El ablativo se usa para expresar procedencia, lugar o momento de origen de una acción o movimiento. Si sigue el ejemplo del finés también podría significar de parte de quién. Responde a las preguntas ¿de dónde? o ¿desde cuándo? En castellano se puede traducir anteponiendo las preposiciones «de», «desde».

§59. Sus terminaciones y formas son: **-llo**, **-llon**, **-lillon**, **-lto** (o **-ullo**). La **-n** final del plural partitivo es opcional.

Singular	*Plural*	*Partitivo*	*Dual*
falmallo	falmallon	falmalillon	falmalto
aldallo	aldallon	aldalillon	aldullo
valiello	valiellon	valielillon	valielto
lassello	lassellon	lasselillon	lasselto
lótello	lótellon	lótelillon	lótelto
elello	elellon	elellillon	elenilto
(-enello)	(-enillon)	(-enilillon)	
makillo	makillon	makillillon	makilto
(-ilello)	(-ilillon)	(-lilillon)	(-ililto)
indisello	indisillon	indisilillon	indisilto
earello	earillon	eallillon	earilto
	(-rilillon)		
natello	natillon	natilillon	natullo

Sindanóriello *mornie kaita, «la oscuridad se extiende* ***desde la tierra gris****» [CA]*
Et Earello *Endorenna utúlien, «****desde fuera del Gran Mar*** *a la Tierra Media he venido» [RR]*

4.9.4. Alativo reducido: dativo

§60. En la carta a Dick Plotz, Tolkien da una forma entre paréntesis justo debajo de la de alativo, que corresponde a una simplificación de la misma. Durante mucho tiempo los únicos ejemplos disponibles de complementos indirectos y circunstanciales de finalidad estaban en este caso, por lo que tradicionalmente se le ha llamado dativo. No obstante, gracias a *The Peoples of Middle Earth* sabemos que el alativo normal también puede usarse como complemento indirecto. Existe la posibilidad de que este caso sea una mera simplificación del alativo con los mismos usos, pero el hecho de que no se hayan encontrado ejemplos con funciones de lugar nos lleva a pensar que quizá se reserve para los usos más específicos de dativo. Si esto fuera cierto, es posible que el alativo completo se utilizara como complemento indirecto en habla formal y el reducido en un habla más cotidiana.

§61. Sus terminaciones y formas son: **-n**, **-in**, **-lin**, **-nt** (o **-un**).

Singular	*Plural*	*Partitivo*	*Dual*
falman	falmain	falmalin	falmant
aldan	aldain	aldalin	aldun
valien	valin (-liein)	valiélin	valient
lassen	lassin	lasselin	lassent
lóten	lótin	lótilin	lótent
elenen	elenin	elellin (-enilin)	elenint
makiln (-len)	makilin	makillin (-lilin)	makilint
indisen	indisin	indisilin	indisint
earn (-ren)	earin	eallin (-rilin)	earint
naten	natin	natilin	natun

Vanda sina termaruva Elanna·noreo alkar ***enyalien***, *«este juramento permanecerá vigente* ***para recordar*** *la gloria de la Tierra hacia las Estrellas» [CI]*
Man i yulma ***nin*** *enkwantuva?, «¿quién* ***me*** *rellenará la copa?» [CA]*

4.9.5. Locativo reducido: adesivo

§62. Tolkien también da una forma reducida para el locativo; sin embargo, en esta ocasión no disponemos de ningún ejemplo de su uso. En consecuencia, este caso constituye una de las mayores incógnitas de la gramática kwenya. Al igual que ocurre con el alativo reducido, es posible que se trate de una mera variante del locativo o que se reserve únicamente para un uso informal de una función especial. Si esta última opción fuera la correcta, lo más probable es que se utilizara para el uso más diferenciado, es decir, para el verbo «tener» [véase §56]. El nombre «adesivo» que le hemos dado hace referencia a esta posible función. En cualquier caso, estamos tratando con meras hipótesis sin ningún indicio que nos sirva de guía, ya que no sabemos si las formas reducidas se reservan para un uso concreto o si el locativo puede usarse como verbo «tener». Este caso también es llamado «el caso misterioso» por la falta de datos que tenemos sobre él.

§63. El adesivo sólo tiene terminaciones y formas para singular, plural simple y plural partitivo: **-s**, **-is**, **-lis**.

Singular	*Plural*	*Partitivo*
falmas	falmais	falmalis
aldas	aldais	aldalis
valies	valis (-lieis)	valiélis
lasses	lassis	lasselis
lótes	lótis	lótilis
elenes	elenis	elellis (-enilis)
makiles	makilis	makillis (-lilis)

indises	indisis	indisilis
ears (-res)	earis	eallis (-rilis)
nats (-tes)	natis	natilis

4.10. Regla de la cadena

§64. Cuando tenemos una cadena de palabras declinables sólo la última adquiere terminaciones de caso [CI]. Así pues, si tenemos un nombre formado por varias palabras, o varias palabras seguidas en el mismo caso, sólo la última se declina.

*Namna **Finwe Míriello**, «ley **de Finwe y Míriel**» [MR]*

TABLA 1
RESUMEN DE TERMINACIONES DE CASO

	Singular	Plural	Partitivo		Dual
Nominativo	no lleva	-r/-i	-li	-t	[-u]
Acusativo	no lleva	-r/-i	-li	-t	[-u]
Instrumental	-nen	-inen	-línen	-nten	[-unen]
Genitivo pd	-o	-ron/-ion	-lion	-to	[-uo]
Genitivo pa	-va	-iva	-líva		
Alativo	-nna	-nnar	-linnar	-nta	[-unna]
Dativo	-n	-in	-lin	-nt	[-un]
Locativo	-sse	-ssen	-lissen	-tse	[-usse]
Adesivo	-s	-is	-lis		
Ablativo	-llo	-llon	-lillon	-lto	[-ullo]

Nota: primera declinación/segunda declinación

5. EL ADJETIVO

5.1. *Introducción*

§65. En kwenya existen dos formas de modificar a un nombre: mediante adjetivos y mediante otro nombre en genitivo. El segundo método ya se vio en el capítulo dedicado a los nombres, en éste nos vamos a centrar en el uso de los adjetivos.

5.2. *Número*

§66. Los adjetivos sólo tienen dos números: singular y plural. La forma de construir el plural depende de la terminación del adjetivo:

- Los adjetivos terminados en **-a** forman el plural cambiando la **-a** por **-e**.
- Los adjetivos terminados en **-e** forman el plural cambiando la **-e** por **-i**.
- Los adjetivos terminados en **-ea** forman el plural cambiando la **-ea** por **-ie**.
- Los adjetivos terminados en consonante probablemente formen el plural añadiendo **-i** (no hay ejemplos de plurales).

*Né**ka**, «difuso», plural né**ke** [M]*
*Atalant**ea** «ruinoso», plural atalant**ie** [M]*

5.3. Concordancia

§67. En kwenya un adjetivo debe concordar con el nombre al que modifica solamente en número: los adjetivos normalmente no adquieren terminaciones de caso. Los nombres que vayan en singular deben llevar adjetivos en singular; los nombres que vayan en plural simple, plural partitivo o plural dual deben llevar adjetivos en plural.

5.4. Posición

§68. El adjetivo generalmente se coloca antes del nombre que modifica, dejando libre al nombre para que adquiera las terminaciones de caso. Los adjetivos que acompañan a nombres en nominativo se ponen detrás, ya que este caso no tiene terminaciones propias que añadir. Sin embargo, esta norma no es muy fuerte y se rompe con frecuencia, especialmente en poesía. Algunas veces el adjetivo se pone delante del nombre formando una única palabra compuesta, que puede separase con un guión. Cuando el adjetivo sigue al nombre, de acuerdo con la Regla de la Cadena, es el adjetivo el que debería declinarse (aunque esto no siempre se cumple).

> *Yéni **únótime**, «años **incontables**» [CA]*
> ***Sinda**noriello, «desde un país **gris**» [CA]*
> *Man tiruva **fana** kirya?, «¿quién verá un barco **blanco**?» [M]*
> *Ondolisse **morne**, «en piedras **negras**» (poesía) [M]*

§69. A pesar de que en el kwenya de la Tercera Edad el acusativo tampoco tiene terminaciones de caso, los adjetivos se siguen poniendo delante del nombre. Si el acusativo se usa junto a una preposición, el adjetivo se pone entre la preposición y el nombre.

Or ***ilye*** *mahalmar, «sobre* ***todos*** *los tronos» [CI]*
Nu ***luini*** *tellumar, «bajo cúpulas* ***azules****» [CA]*

§70. Los adjetivos utilizados frecuentemente como título o sobrenombre (por ejemplo, «Elendil el Alto» o «Elendil el Fiel») se suelen poner después del nombre [CI], y, en consecuencia, deben adquirir las terminaciones de caso.

Elendil ***Vorondo*** *voronwe, «la lealtad de Elendil* ***el Fiel****» [CI]*

5.5. Grados de adjetivos

§71. Por desgracia no tenemos ningún ejemplo con comparaciones del tipo «más alto que» o «menos inteligente que», ni conocemos las palabras en kwenya para «más» y «menos». Sin embargo sí que disponemos de una muestra de superlativo: **ankalima**, «la más brillante». A partir de ahí podemos suponer que los superlativos se forman añadiendo el prefijo **an-** (quizá relacionado con **an(d)-**, «largo»). La **-n-** del prefijo seguramente provocará asimilaciones ante **l-**, **m-**, **r-** y **s-**. Si aparece una combinación prohibida [véase §15], es probable que se añada una vocal de enlace, por ejemplo **-a-**. Del ejemplo también podemos deducir que el régimen que acompaña al superlativo está en genitivo partitivo-derivativo.

Aiya Earendil elenion ***ankalima****, «salve Earendil,* ***la más brillante*** *de las estrellas» [DT]*

§72. En finés el superlativo se construye con el sufijo **-in** y el comparativo con el sufijo **-mpi**, que está relacionado con él (se declinan según **-mpa** e **-impa** respectivamente), y un relativo. Probablemente el kwenya también use dos prefijos relacionados, uno para el superlativo y otro para comparativo (¿de forma ??ampa-?). Sin embargo, otra opción es que el mismo prefijo también se use para los comparativos junto al relativo **i** (que), más o menos como pasa en castellano (comparativo «más alto que» y superlativo «el más alto»), ya que cuando Tolkien explica el ejemplo anterior dice que **an-** es un prefijo tanto superlativo como intensivo. Hay bastante gente que utiliza **or** (sobre) como «más» en construcciones del tipo «Varda es hermosa sobre Melian» para expresar «Varda es más hermosa que Melian».

5.6. Adjetivos demostrativos

§73. Las formas de los adjetivos demostrativos son **sina**, «este» [CI], **tana**, «ese» [E] y **enta** «aquel» [E]. Probablemente se usen de la misma manera que en castellano. Como todos los adjetivos, deberían adoptar formas de plural, cambiando la **-a** por **-e**, al modificar nombres en plural; no obstante, carecemos de algún ejemplo que lo confirme.

> *Vanda **sina** termaruva, «**este** juramento permanecerá vigente» [CI]*

5.7. Adjetivos posesivos

§74. Los adjetivos posesivos («mi coche», «nuestra casa», etc...) se expresan mediante sufijos añadidos al nombre en singular. El conjunto formado por nombre más posesivo puede adquirir terminaciones de caso: como el adjetivo posesivo acaba en **-a**, se declina igual que un nombre de la primera declinación. Las formas para las distintas personas son las siguientes [para la distinción entre exclusivo e inclusivo véase §117 y para una discusión sobre las formas escogidas §124-127]:

Singular		*Plural*	
1.ª:	**-nya**, «mi»	*1.ª exc.*	**-mma**, «nuestro»
2.ª reverencial:	**-lda** / **-lya**, «tu»	*1.ª inc.*	**-lma**, «nuestro»
2.ª familiar:	**-tya**, «tu»	*1.ª dual inc.*	**-lva**, «nuestro»
3.ª:	**-rya**, «su»	*2.ª*:	**-lla**, «vuestro»
		3.ª:	**-nta**, «su»

Elen síla lúmenn' ***omentielvo****, «una estrella brilla sobre la hora* ***de nuestro encuentro****» [CA]*
Máryat *Elentári ortane, «la Reina de las Estrellas alzó* ***sus dos manos****» [R]*
Ringa ***súmaryasse****, «****en sus entrañas*** *frías» [M]*
Anar kaluva ***tielyanna****, «el sol iluminará* ***tu camino****», es decir, dirigirá su luz hacia él [CI]*

§75. Cuando el nombre acaba en consonante, normalmente se añade una vocal de enlace antes de la terminación de posesivo. Esta vocal es **-i-** para la primera persona de singular. Para el resto de las personas no disponemos de ejemplos, pero siguiendo la pauta de los pronombres debería ser una **-e-**. Sin embargo, si el nombre acaba en la misma consonante por la que comienza la terminación, se elimina una de las dos consonantes y se añade el sufijo directamente. Por otro lado, cuando un nombre termina en **-e**, la **-i-** de primera persona podría substituir a la **-e** (al desconocer la forma exacta de **hildi** en singular, **hil** o **hilde**, no hay absoluta certeza de que esto sea así). Estas normas también se siguen en el uso de los pronombres personales afijos.

*Ata****rinya****, «mi padre» [E]*
*Ara****nya****, «mi rey» [CI]*
Sinome maruvan, ar ***Hildinyar****, «en este lugar moraré, y* ***mis descendientes****» [RR]*

§76. Los adjetivos posesivos tienen dos usos adicionales, que aparecen recogidos en *The War of the Jewels.* Si el poseedor es un nombre propio, se pueden usar para indicar posesión mediante una estructura parecida al genitivo sajón del inglés (Bilbo's house): poseedor + objeto poseído con el adjetivo posesivo. Por otro lado, un adjetivo que está acompañando a un nombre propio o a un título personificado (normalmente en vocativo) puede llevar un adjetivo posesivo referido al nombre. Al parecer se trata sólo de una manera más elevada de expresarse, sin ningún significado adicional.

> ***Olwe koarya***, *«la casa de Olwe» [WJ]*
> ***Aran meletyalda***, *«poderoso Rey (equivale a la expresión Su Majestad)» [WJ]*
> ***Arwen vanimalda***, *«hermosa Arwen» [CA]*
> ***Varda aratarya***, *«elevada Varda« [WJ]*

§77. Para la segunda persona singular respetuosa existen dos formas documentadas. Por un lado tenemos **-lya**, que aparece en la despedida de Gelmir y Arminas a Tuor (véase CI), y por otro **-lda**, que aparece en los ejemplos del párrafo anterior. La primera es coherente con los ejemplos disponibles para las otras personas de singular; la segunda, en cambio, resulta completamente inesperada. No obstante, su existencia es irrefutable: está publicada en *El Señor de los Anillos* y su significado se explica en *The War of the Jewels*. En nuestros ejemplos sólo aparece acompañando a adjetivos según la construcción anterior, por lo que es posible que se trate de una forma arcaica sólo utilizada con este fin.

6. NUMERALES

6.1. Cardinales

§78. Los elfos usaban tanto un sistema decimal como uno duodecimal (este último de uso preferente en calendarios). Las formas que se han dado tradicionalmente para los numerales son: **mine**, «uno» [E]; **atta**, «dos» [S, E]; **nelde**, **nel-**, «tres» [S, E]; **kanta**, **kan-**, «cuatro» [E]; **lempe**, «cinco» [E]; **enkwe**, «seis» [E]; **otso**, «siete» [S]; **tolto**, «ocho»[E]; **nerte**, «nueve» [E]; **kainen**, «diez»[E]; **minkwe**, «once» [E]; **rasta**, «doce» (sólo se da la raíz **RÁSAT-**, de la que se deduce) [E]; y **hosta**, «144» (aparece traducido como «grán número», pero en la misma raíz se dice que **host** es 144 en noldorin) [E]. No obstante, en *The War of the Jewels* aparecen **imin**, **tata** y **enel** traducidos como «uno», «dos» y «tres». No sabemos si son nuevas formas para estos numerales, ya que se trata de nombres propios que podrían estar derivados directamente de la raíz protoélfica.

§79. No se sabe cómo se forman el resto de los numerales. Disponemos de muy pocos indicios. El único ejemplo en kwenya proviene de los textos muy tempranos del *Libro de los Cuentos Perdidos I*, donde se dice que, por aquel entonces, **lemin** era «cinco», **lempe** «diez» y **leminkainen** «veintitrés»; pero poco se puede sacar de aquí. A falta de otra opción se podría colocar los números que forman la cifra uno detrás de otro: 173 sería **minotsonel-**

de. Como cero se podría utilizar **únat** («nada»). En sindarin tenemos **nelchaenen**, traducido por trigésimo primero [FT]. En ese idioma **nel-** también es tres, por lo que podríamos confirmar el orden que habíamos supuesto. Sin embargo, uno es **min**, que no parece tener nada que ver con **chaen** (el cardinal más parecido es **caer**, «diez»).

6.2. Ordinales

§80. De los ordinales conocemos todavía menos formas. En las *Etimologías* hallamos **esta** como «primero» (de precedente) y **neuna** como «segundo» (de seguidor, que viene detrás). Sin embargo, de diversos textos posteriores podemos obtener un nuevo juego de formas: **minya** como «primero» [S, WJ], **tatya** como «segundo» [WJ] y **nelya** como «tercero» [WJ, PM]. En sindarin tenemos **dolothen**, **edwen** y **nelchaenen** [FT], que significan octavo, segundo y trigésimo primero. De aquí podemos deducir que probablemente haya un sufijo para formar todos los ordinales: en sindarin es **-en** y en kwenya podría ser **-ya** (que también sirve para formar adjetivos de ciertos nombres). Teniendo en cuenta que **toloth** es ocho en sindarin, el sufijo se añadiría directamente al cardinal o a la raíz de la que procede. Como una posible opción, muy dudosa, doy: **minya**, **tatya**, **nelya**, **kantya**, **lepinya**, **entya**, **otya**, **tolya**, **nerdya** y **kainya**.

7. EL VERBO KWENYA

7.1. Introducción

§81. Nuestro conocimiento de los verbos en kwenya está limitado por el escaso número de ejemplos disponibles. Gracias a ellos se puede adivinar una estructura de tiempos construidos mediante terminaciones añadidas a una raíz verbal. Por desgracia, el número de ejemplos es demasiado reducido como para poder deducir con seguridad algunas formas. Además, es muy probable que no conozcamos todos los tiempos y/o conjugaciones existentes. La reconstrucción que se da en esta gramática no es más que una posible interpretación, basada en la hipótesis de que existen dos tipos de verbos elementales [véase §83 y §91]. Sin embargo, no es seguro que esto sea así.

7.2. Forma completa y radical

§82. Llamaremos forma completa de un verbo a aquella que adopta como palabra independiente; es decir, cuando no implica acción de ningún tipo. En kwenya, el «beber» de «quiero *beber*» (implica acción) y el de «ésta es la traducción del verbo *beber*» (no implica) son distintos. Según su procedencia etimológica, se pueden distinguir dos tipos de verbos, que se diferencian en la forma completa. Por un lado tenemos los verbos elementales, que provienen de una raíz protoélfica sin ningún añadido (aunque pueden sufrir alguna adaptación fonética) y se caracterizan por tener la forma completa terminada en consonante. Están formados por consonante o combinación de consonantes más vocal más consonante. El resto de verbos, a los que llamaremos derivados, están compuestos de una raíz más algún añadido terminado en vocal. Los más comunes son **-a**, **-ya** y **-ta**.

§83. El radical es la parte del verbo que queda cuando eliminamos la última vocal de la forma completa de los verbos derivados (en los verbos elementales el radical y la forma completa coinciden). A partir de ella se construyen la mayor parte de los tiempos verbales. Llamamos vocal principal del verbo a la última vocal del radical. La terminación más frecuente de la forma completa en los verbos derivados es **-ya**. Para construir el radical la norma general nos dice que sólo habría que eliminar la **-a** final; sin embargo, al añadir una terminación que empiece por **-i-** también habría que quitar la **-y-**. Existen algunos indicios que nos llevan a pensar que podría pasar lo mismo con todas las terminaciones que empiecen por vocal.

Kalya-, *«iluminar»;* ***kaluva,*** *«iluminarán», [LR y CI]*

7.3. Modos verbales

§84. En kwenya existen evidencias de tres modos verbales: el indicativo, que expresa la acción sin que aparezca reflejada la actitud del hablante con respecto a ella; el imperativo, que expresa orden o mandato; y el subjuntivo, que expresa duda, deseo o esperanza. En finés hay además un modo potencial, que indica posibilidad, pero no se ha encontrado nada parecido en kwenya.

§85. El indicativo posee varios tiempos, cada uno de los

cuales se forma mediante un añadido distinto al radical o a la forma completa del verbo. Se conoce con absoluta certeza la existencia de: un presente, un futuro, un pasado simple y un pasado perfecto. Es posible que haya otros tiempos adicionales. Hasta el momento se han postulado, sin ninguna seguridad de su existencia, un futuro perfecto [BQ], un condicional [IE] y un condicional perfecto, pero podría haber otros.

§86. El imperativo se construye poniendo la partícula imperativa **a** o **á** antes del verbo conjugado en presente [véase §91]. Normalmente se usa la misma forma tanto en singular como en plural; sin embargo, es posible que se puedan añadir los pronombres de segunda persona en forma reducida para distinguir: **-t** en singular y **-l** en plural. Para formular órdenes negativas se coloca la partícula **áva** antes del verbo en presente sin ninguna terminación de persona. Esta partícula puede tomar terminaciones de primera persona singular: **ávan**; o de primera persona plural exclusiva **ávamme**.

> ***A laita*** *te, «**alabad**les» [RR]*
> ***Áva kare***, *«no hagas» [WJ]*
> ***Á vala*** *Manwe, «que Manwe lo ordene (lit.* ***ordene*** *Manwe)» [WJ]*

§87. Existen además varias interjecciones, que sin ser verbos, también tienen un sentido imperativo.

> ***Ela***, *«mirad» [MR, WJ]*
> ***hekat, hekal***, *«apártate, apartáros» [WJ]*

§88. No parece haber formas propias para los tiempos en subjuntivo. Los ejemplos disponibles se construyen con un tiempo de indicativo precedido de alguna partícula: **nai**, «ojalá», «quizás» (literalmente **na+i**, «sea que»); **sa**, «que» (conjunción completiva). Para formar el tiempo en subjuntivo se pone el tiempo de indicativo que corresponda con el momento previsto de la acción. Así, en algunos ejemplos se forma el presente de subjuntivo mediante el futuro de indicativo. Es posible que también se puedan usar otras construcciones aparte de **nai**, tales como «espero que» o «temo que», ya que según Tolkien **nai** expresa más deseo que esperanza [R].

> ***Nai** hiruvalye Valimar, «**quizás** encuentres Valimar» [CA]*
> *Merin sa **haryalye** alasse, «deseo que **tengas** felicidad» [no publicado]*

7.4. *Número y persona*

§89. Los verbos en kwenya tienen sólo dos posibles números: singular y plural. Si el sujeto es un nombre o un pronombre en singular, el verbo debe estar en singular; y si el sujeto es un nombre en plural simple, plural partitivo o plural dual o un pronombre en plural, el verbo debe estar en plural. Las formas de plural se construyen añadiendo **-r** a las de singular.

> *Lassi **lantar** laurie súrinen, «las hojas **caen** doradas en el viento» [R]*
> *Sindanóriello mornie **kaita**, «desde la tierra gris la oscuridad **se extiende**» [CA]*

§90. Cuando el sujeto no está presente explícitamente en la oración, mediante un nombre o un pronombre, se debe añadir una terminación de persona y número después de la forma de singular. Son los pronombres personales nominativos afijos [véase §§118-119]. Al contrario que en castellano, si el sujeto está presente estos pronombres no deben utilizarse.

> *Nai hiruva**lye**, «quizás encuentres» [CA]*
> *Laituva**lmet**, «alabarémoslos» [RR]*

7.5. Presente

§91. Los verbos derivados forman el presente añadiendo al radical las terminaciones **-a** en singular y **-ar** en plural. Los verbos elementales siguen dos sistemas. Una parte añade las mismas terminaciones que los derivados y además alargan la vocal principal. Sin embargo, al dar la forma de algunos verbos elementales, hay ocasiones en las que Tolkien nos da la primera persona singular de otro tipo de presente (**karin**, «hago») o la tercera persona singular (**teke**, «escribe»). Estos verbos añaden **-e** si el verbo no lleva más terminaciones e **-i-** en caso contrario, como la **-r** de plural o la **-n** de primera persona. Llamaremos elementales débiles a los que forman el presente de la primera forma y fuertes a los de la segunda. Hay gente que opina que este segundo tipo se trata de un tiempo distinto, al que llaman aorístico y usan para afirmaciones históricas. En un principio Tolkien pensó hacer de **sil-** un verbo del segundo tipo, pero después lo conjugó como uno del primero [RS]. Así nos encontramos las versiones desechadas: **eleni silir**, «estrellas brillan»; y **elen sile**, «una estrella brilla». El presente se usa igual que en castellano y para expresiones del tipo «está pasando», formadas por el verbo «estar» más un gerundio.

Lassi ***lantar*** *laurie súrinen, «las hojas* ***caen*** *doradas en el viento» [CA]*
Tintilar *i eleni lírinen ómaryo, «****brillan*** *las estrellas en la canción de sus voces» [CA]*
Elen ***síla*** *lúmenn' omentienvo, «una estrella* ***brilla*** *sobre la hora de nuestro encuentro» [CA]*
I ***karir*** *kwettar ómainen, «los que* ***forman*** *palabras con sus voces» [WJ]*
Auta *i lóme, «la noche* ***está pasando****» [S]*

7.6. *Futuro*

§92. El futuro se forma siempre añadiendo al radical la terminación **-uva** en singular y **-uvar** en plural.

Sinome ***maruvan***, *«aquí* ***moraré****» [RR]*
Anduve ***laituvalmet***, *«largamente* ***alabarémoslos****» [RR]*

§93. Los verbos con radical acabado en vocal seguida de **-t** pueden sufrir afección nasal. Está comprobado que este fenómeno se manifiesta en el futuro y en los pasados, pero es posible que lo haga en todas las formas verbales salvo el presente. La afección nasal consiste en la aparición de una **-n-** antes de la **-t** final. Del mismo modo, la forma de algunos pasados [véase §96] nos lleva a pensar que quizá también puedan sufrir afección nasal los verbos terminados en **-k** (con un cambio por **-nk**) y en **-p** (con un cambio por **-mp**).

*Enkwa**n**tuva, «rellenará» de enkwat-, «rellenar» [CA y WJ]*

7.7. *Pasados*

§94. La construcción de los pasados no está del todo clara. Del *Lamento de Galadriel* se deduce que al menos hay un pasado simple y un pasado perfecto. Del análisis de textos anteriores a las *Etimologías* podría desprenderse algún otro pasado, pero probablemente sean versiones desechadas de estos mismos tiempos. Existen discrepancias y diversas interpretaciones sobre este tema.

7.7.1. *Pasado simple*

§95. Los verbos derivados forman el pasado simple añadiendo **-ne** a la forma completa; y los verbos elementales fuertes, como norma general, añadiendo **-e** a la forma completa y alargando la vocal principal. No hay ejemplos de verbos elementales débiles, pero seguramente se comportan de esta manera. Sin embargo, en las *Etimologías* se dan pasados fuera de esta norma para bastantes verbos elementales fuertes. Aunque muchos verbos que terminan de la misma forma construyen un pasado «irregular» igual, hay otros del mismo tipo de los que no se dice nada. No sabemos si la siguiente regla es general para todos los verbos con un mismo tipo de terminación, o si sólo hay que aplicarla a los verbos señalados. Así, los verbos elementales fuertes acabados en **-r** o **-m** suelen añadir directamente la terminación **-ne**; mientras que los terminados en **-l** pueden cambiar su terminación por **-lle** (aunque hay algunos que siguen la norma general). En los verbos que pueden sufrir afección nasal, sean del tipo que sean, la afección se manifiesta y sólo se añade al radical una **-e**. No tenemos ejemplos de formas en plural en el kwenya definitivo, pero deberían construirse añadiendo una **-r**. Probablemente se emplee como el *past tense* inglés, es decir, corresponda indistintamente a los tiempos castellanos pretérito perfecto simple (canté) y pretérito imperfecto (cantaba).

*Varda... **ortane** máryat, «Varda **elevó** sus dos manos» [CA]*
***Avane**, «no hiciste» [WJ]*
*Ilye tier **unduláve** lumbale, «una profunda obscuridad **ahogó** todos los caminos» [CA]*

§96. Existen también algunas formas completamente irregulares. A continuación se dan todos los pasados que se encuentran de los verbos elementales, así como otras formas irregulares.

Auta-, «partir, salir»; **oante** (verbo derivado irregular)
Farya-, «bastar»; **farne** (verbo derivado irregular)

Hat-, «partir en dos»; **hante** (verbo elemental con afección nasal)
Ista-, «conocer»; **sinte** (verbo derivado irregular)
Kar-, «hacer», **karne** (verbo elemental fuerte)
Kwat-, «llenar», **kwante** (verbo elemental con afección nasal)
Kwet-, «decir», **kwente** (verbo elemental con afección nasal)
Lav-, «lamer», **láve** (verbo elemental fuerte)
Lelya-, «ir»; **lende** (verbo derivado irregular)
Mer-, «desear»; **merne** (verbo elemental fuerte)
Onta-, «crear»; **óne**, **ontane** (verbo derivado)
Rer-, «sembrar»; **rende** (verbo elemental fuerte, viene de la raíz **RED-**)
Tak-, «sujetar»; **tanke** (verbo elemental fuerte irregular o con afección nasal?)
Tam-, «golpear (débilmente)»; **tamne** (verbo elemental fuerte)
Táp-, «parar»; **tampe** (verbo elemental fuerte irregular o con afección nasal?)
Tir-, «vigilar»; **tirne** (verbo elemental fuerte)
Top-, «cubrir»; **tompe** (verbo elemental fuerte irregular o con afección nasal?)
Tul-, «venir», **túle** (verbo elemental fuerte)
Tur-, «controlar», **turne** (verbo elemental fuerte)
Ulya-, «verter»; **ulle** (intransitivo), **ulyane** (transitivo) (verbo derivado)
Um-, «no ser, no hacer», **úme** (verbo elemental fuerte)
Vil-, «volar»; **ville** (verbo elemental fuerte)

§97. En el *Lamento de Galadriel* aparece una construcción especial empleando el pasado simple. La llamaremos pasado consecutivo. Para expresar «habiendo pasado esto ahora pasa esto otro» se utiliza: **sí** («ahora») + pasado + **ar** («y») + presente [R].

***Sí** Varda... **ortane** máryat... **ar**... mornie **kaita** i falmalinnar imbe met, «**habiendo elevado** sus dos manos, **ahora** la oscuridad **yace** sobre las muchas olas entre nosotras dos». [CA]*

7.7.2. Pasado perfecto

§98. En nuestros ejemplos el pasado perfecto normalmente se forma añadiendo al radical la terminación **-ie**, alargando la vocal principal y añadiendo como prefijo esa vocal. De los tres ejemplos que siguen este sistema dos parecen ser verbos elementales, y el único del que sabemos con certeza la clase es un verbo fuerte. Podemos suponer que todos los verbos elementales siguen este sistema, aunque nos falta un ejemplo claro de elemental débil. En cuanto a verbos derivados contamos con un ejemplo claro y uno más dudoso. El ejemplo claro consiste en una forma irregular en la que solamente se añade **-ie**. El dudoso se refiere al verbo **fíre** con pasado perfecto **fírie** [MR], pero no está del todo claro que sea derivado. De los dos ejemplos se puede deducir que ya no se prefija la vocal principal. No parece probable que un verbo derivado alargue la vocal principal a menos que sea gramaticalmente corta, y ni siquiera esto es seguro. Si sigue la pauta general, el plural se formará añadiendo una **-r**. En los verbos con afección nasal, ésta también se manifiesta. Corresponde al pretérito perfecto compuesto del castellano (ha cantado). Se usa para acciones en el pasado con alguna repercusión en el presente.

***Utúvienyes**, «lo **he encontrado**» [RR]*
*Et Earello Endorenna **utúlien**, «desde fuera del Gran Mar, hasta la Tierra Media **he venido**» [RR]*
***Oantie**, «**haber dejado** (sin terminaciones de persona)». Irregular de **auta-** [WJ]*

§99. En el *Silmarillion* encontramos la forma **utúlie'n aure**. No se sabe con certeza la función de esa ene. Una posibilidad es que sea para evitar problemas fonéticos. Si esto fuera así, se añadiría al verbo la terminación **-'n** cuando la palabra siguiente empiezase por vocal. Sin embargo, es más probable que sea algún tipo de partícula, por ejemplo **en**, de oscuro significado. Una posibilidad es que se trate de una partícula adverbial mencionada en las *Etimologías* que indica lejanía: el día ha venido (de muy lejos).

7.8. Condicional

§100. No sabemos cómo se construye el condicional, ni siquiera si este tiempo existe en kwenya. Sin embargo, tanto el finés como el inglés poseen un condicional, por lo que intentaremos construir uno. En muchos idiomas, el condicional se forma de manera paralela al futuro, pero con terminaciones de pasado: «comer-é» y «comer-ía» (imperfecto «com-ía»); o en inglés «will» para el futuro y «would» (pasado de «will») para el condicional. Siguiendo esta pauta, podemos formar el condicional haciendo el pasado del futuro; es decir, colocando la terminación de pasado al futuro. Así, se añadiría al radical **-uvane** en singular y **-uvaner** en plural. En sindarin tenemos la frase: **i sennui Panthael estathar aen**; que se traduce como «que debería ser llamado Panthael». Si **estathar** corresponde a «debería», tendremos un condicional con una terminación parecida a la del futuro (**-ath** en sindarin). Si esta teoría fuera cierta, podríamos formar inmediatamente un condicional perfecto: sólo habría que hacer el pasado perfecto del futuro. Obtendríamos las terminaciones **-uvie** y **-uvier** para añadir al radical.

7.9. *Infinitivo y gerundio*

§101. En kwenya hay una única forma que corresponde tanto al infinitivo como al gerundio. Haremos referencia a ella como infinitivo, pero hay que tener presente que puede cumplir las funciones de ambas formas castellanas. Se construye añadiendo la terminación **-ie** al radical [CI]. Esta terminación coincide con la del pasado perfecto; no obstante, ese tiempo ha de llevar siempre un sujeto o un pronombre nominativo de terminación, por lo que no hay posibilidad de confusiones. No conocemos con certeza su uso, ya que sólo disponemos de un ejemplo. Si el verbo puede sufrir afección nasal, probablemente se manifieste al añadir el sufijo. Lo más seguro es que se emplee en todos los casos en los que se requiera un infinitivo o un gerundio en castellano, excepto cuando no indique acción, en cuyo caso se usaría la forma completa [véase §82]. El infinitivo puede llevar complementos directos e indirectos y declinarse como un nombre de la primera declinación. Al igual que en inglés, el gerundio también se puede usar para formar nombres. En castellano se indica mediante las terminaciones -ar, -er y -ir (infinitivo) y -ando y -iendo (gerundio).

> *Vanda sina termaruva Elenna·noreo alkar* ***enyalien****, «este juramento permanecerá* ***para recordar*** *la gloria de la Tierra hacia las Estrellas» [CI]*

§102. Al igual que pasa en finés, todo parece indicar que en kwenya no existen construcciones formadas con el verbo «estar» más un gerundio (del tipo «Legolas está cantando»), muy frecuentes en castellano. Se utiliza la forma normal correspondiente para expresar la forma continua [véase §91].

> ***Auta*** *i lóme, «la noche* ***está pasando****» [S]*

§103. La forma completa puede sustituir al infinitivo. Cuando esto sucede se añade como prefijo al verbo una **a-** si el nombre que acompaña al verbo en infinitivo es su complemento directo, y nada si es sujeto [M]. De esta forma se puede distinguir la función del nombre, teniendo en cuenta que los verbos kwenya suelen ser transitivos e intransitivos a la vez (como en inglés), y que en la Tercera Edad el nominativo y el acusativo tienen las mismas terminaciones. Esto es especialmente importante en el caso de la poesía, en donde no podemos recurrir al orden de las palabras dentro de la oración para saber su función gramatical. Los únicos ejemplos que tenemos de este fenómeno se dan en poesía, por lo que no sabemos si también se utiliza en el habla cotidiana. En cualquier caso, no parece que en este registro sea imprescindible. Se traduce como si hubiera estado el infinitivo correspondiente.

> *Man kenuva lumbor* ***ahosta*** */ menel* ***akúna****?, «¿quién verá las nubes* ***reunir*** */ el cielo* ***curvar****?», y no «¿quién verá las nubes* ***reunirse*** */ el cielo* ***curvarse****?» [M]*

7.10. Participio presente

§104. Disponemos de numerosos ejemplos de participio presente en verbos derivados. Gracias a ellos sabemos que se forma añadiendo **-la** a la forma completa y alargando la vocal principal si es gramaticalmente corta. Por desgracia no hay ningún ejemplo con verbos elementales. Una posible opción es que sigan el mismo patrón que en el participio pasado. Si esto fuera así, los verbos elementales débiles deberían añadir **-ila** y alargar la vocal principal. Los elementales fuertes añadirían la vocal principal alargada como sufijo y la terminación **-la**. Esta norma no se cumpliría en los casos en los que el añadido directo de **-la** produjera una combinación aceptable [véase §15]. El participio presente se usa como un adjetivo para expresar acción en presente con respecto al verbo principal; pero, a pesar de ello, no cambia su terminación para concordar con los nombres en plural. En castellano se expresa mediante las terminaciones -ante, -iente; mediante un gerundio; o mediante un relativo y un verbo en presente.

> *Man kenuva / ... rámar* ***sisílala****?, «¿quién verá... alas* ***brillando****?» [M]*
> *Man tiruva / ... ear* ***falastala****?, «¿quién vigilará... el mar* ***que se levanta****?» [M]*
> *Man kenuva... / Manel akúna /* ***ruksal'*** *ambonnar, «quién verá... el cielo curvar sobre colinas* ***desmoronantes****» [M]*

§105. En **isilme-ilkalasse** [M], no sabemos si **ilkalasse** es un adjetivo declinado por estar después del nombre, aunque hay otros adjetivos en la misma posición en el poema que no se han declinado, o un nombre con un genitivo posicional. Si esto fuera así, indicaría que, al igual que pasa en algunas ocasiones en castellano (un brillante, un cantante...), el participio presente puede actuar como un nombre. **Ilkala** sería lo que brilla, es decir, el brillo. Las traducciones serían, respectivamente, «la luz de luna que brilla», o «el brillo de la luz de luna».

7.11. Participio pasado

§106. Los verbos elementales débiles forman el participio pasado añadiendo **-ina** y alargando la vocal principal del verbo. Para los elementales fuertes disponemos de un único ejemplo, en el que se añade la vocal principal alargada como sufijo y después la terminación **-na**. Este comportamiento no parece muy lógico, por lo que, a lo mejor, podría tratarse de una errata. Cuando el añadido directo de **-na** produzca una combinación aceptable, probablemente solamente se añada el sufijo [véase §15]. Si la consonante final es una ele puede producirse una asimilación: de **mel-** tenemos **melda**. No hay ejemplos de participio pasado para verbos derivados. Es posible que añadan **-na** a la forma completa y que alarguen la vocal principal si es gramaticalmente corta, al igual que pasa con el participio presente. En textos antiguos hay verbos derivados acabados en **-ta** que también añaden **-ina**. No sabemos si debe concordar con el nombre cuando actúa como adjetivo. En castellano se forma mediante las terminaciones -ado, -ido.

> *Man tiruva* ***rákina*** *kinya, «quién observará un barco* ***roto****» [M]*
> ***Turúna*** *ambartanen, «****dominado*** *por el destino» [S]*

§107. En *The War of the Jewels* se dice que la palabra **vanwa** es una forma arcaica de participio pasado que todavía se sigue utilizando. Sin embargo, su significado se ha generalizado y se usa para expresar «ido, desaparecido, perdido» más que «partido». En las *Etimologías* aparecen varios adjetivos que también podrían ser participios de este tipo.

7.12. Verbos en pasiva

§108. No tenemos ejemplos claros de verbos en pasiva dentro del kwenya definitivo. En *La Canción de Fíriel* (un texto en un kwenya más primitivo incluido en *The Lost Road*) aparecen varias frases que se construyen mediante un participio pasado y el verbo auxiliar **ye**. Probablemente se seguirá haciendo con el mismo patrón. La única frase del kwenya definitivo en pasiva es **Túrin Turambar turún' ambartanen**, que significa «Túrin amo del destino dominado por el destino». Gracias a ella podemos deducir que el participio pasado sigue interviniendo al hacer las pasivas, y que el agente (es decir, quien realiza la acción sufrida por el sujeto pasivo) está en instrumental. Por desgracia se trata de una frase que no necesita indicar tiempo presente, pasado o futuro; por lo que no sabemos si usar **ná-** en lugar de **ye**, o intentar conjugar **ea**. La primera opción parece más probable [véase §114].

7.13. Verbos transitivos e intransitivos

§109. Al igual que en inglés, la mayor parte de los verbos kwenya pueden tener un significado transitivo y otro intransitivo, sin ningún tipo de añadido que distinga las dos formas (como los pronombres reflexivos en castellano). Así, por ejemplo, **fir-** significa tanto «marchitar (algo)» como «marchitarse». Las únicas diferencias que aparecen residen en las formas de pasado, que en ciertos verbos son distintas dependiendo de si actúan como transitivos o como intransitivos [véase §96]; y en el tratamiento de la forma completa cuando substituye al infinitivo [véase §103]. Existen ciertos verbos de los que se dice explícitamente que son transitivos o intransitivos [véase el vocabulario kwenya-castellano].

> ***tele-****: v. terminar, ser la última persona o cosa de una serie de eventos. Es un verbo transitivo [WJ]*
> ***telya-****: v. d. finalizar, concluir. Se trata de un verbo intransitivo [E]*

7.14. Frecuentativo

§110. A partir de un verbo se puede construir otro que indique acción continuada o extendida en el tiempo. Se trata de un nuevo verbo completo, que se conjuga como cualquier otro. Los verbos elementales forman el frecuentativo repitiendo como prefijo la parte del verbo que llega hasta la vocal principal (incluida), alargando la vocal principal y añadiendo una vocal final para marcar que ahora se trata de un verbo derivado. Los verbos derivados añaden como prefijo todo el verbo, separándolo mediante un guión. No sabemos si es posible construir frecuentativos de verbos compuestos. Si fuera posible, probablemente se haría primero el frecuentativo y luego se añadiría el prefijo necesario [véase §112].

Man tiruva... / ramar ***sisílala****, / kále* ***fifírula****, «quién observará... las alas* ***que brillan (continuamente)****, la luz* ***que se desvanece (lentamente)****». De* ***sil-****, «brillar»; y* ***fir-****, «morir, desvanecerse» [M]*
Elenillor pella / ***talta-taltala****, «desde más allá de las estrellas* ***que caen (continuamente)****. De* ***talta-****, «caer» [M]*

§111. En las *Etimologías* se recoge la construcción irregular de un frecuentativo: de **lav-**, «lamer (una vez)»; **lapsa-** «lamer (repetidamente)».

7.15. Verbos compuestos

§112. Al igual que el inglés, el kwenya puede crear nuevos verbos combinando un verbo con una preposición o un adverbio. El modificador se añade como prefijo, dejando libre el verbo para tomar las terminaciones de tiempo [para la formación de los compuestos véase §158-162]. El verbo compuesto se conjuga igual que el verbo del que procede.

unduláve*, «ahogó» [CA]; de* ***undu-****, «hacia abajo» +* ***lav-****, «lamer»*
untúpa*, «cubre» [CA]; de* ***undu-****, «hacia abajo» +* ***tópa-****, «techar»*
termaruva*, «permanecerá» [CI]; de* ***ter-****, «a través de» +*

***mar-**, «establecerce»*
***enyalie**, «recordar» [CI]; de **en-** «de nuevo» + **yal-**, «llamar»*
***ettuluvalle**, «saldrán» [TI]; de **et-** «fuera» + **tul-**, «venir»*

§113. En los verbos compuestos la vocal principal probablemente seguirá siendo la del verbo del que derivan. Por desgracia no tenemos ningún ejemplo de pasado perfecto o frecuentativo formados a partir de estos verbos para poder comprobarlo. En el caso del pasado perfecto, es posible que estos verbos no añadan la vocal principal como prefijo y que, si pueden formar frecuentativos, lo hagan a partir del verbo original y luego añadan la preposición o el adverbio.

7.16. El verbo ser o estar

§114. En kwenya existen dos tipos de formas relacionadas con estos verbos, pero sus usos son distintos al «ser» y al «estar» castellanos. Por un lado tenemos el verbo **ná-** (con plural irregular **nar**) y su negación **uin** o **umin** (elemental fuerte y con pasado **úme**), que al parecer significa tanto «ser» como «estar». Por otro lado tenemos la forma **ea**, que en nuestros ejemplos siempre está aplicada a la tercera persona singular. Todo indica que significa «estar» o «existir» de modo absoluto, ya que sólo se utiliza con el mundo y con Eru. No parece probable que este verbo se conjugue, ya que sólo necesita el presente. Si esta interpretación es correcta, los tiempos en pasiva deberían construirse mediante **ná-**. En *La Canción de Fíriel* aparece otro grupo de formas: **ye**, **úye**, **yeva** y **úva**; traducidas por «es», «no es», «será» y «no será». Aunque parecen un antecesor fonético de **ea**, su uso está más cerca de **ná-** (se utilizan para oraciones copulativas con adjetivos y para pasivas). Al parecer fueron desechadas.

Si vanwa ***ná*** *Valinor, «ahora perdida* ***está*** *Valimar» [CA]*
Únóti ***nar*** *ve rámar aldarion, «incontables* ***son*** *como ramas de árboles» [IE]*
I Eru i or ilye mahalmar ***ea*** *tennoio, «el Único que* ***está*** *sobre todos los tronos» [CI]*
Ea*, «sea» [S]*

TABLA 2:
RESUMEN DE TIEMPOS VERBALES

Tiempo	*Elem. fuerte*	*Elem. débil*	*Derivado*
Presente	rad.-e/-i-	rad.-a/-ar	rad.-a/-ar
Futuro	rad.-uva/-uvar	rad.-uva/-uvar	rad.-uva/-uvar
Pas. simple	rad.-e	rad.-e	f.c.-ne
Pas. perf.	v.p.-rad.-ie	v.p.-rad.-ie ?	rad.-ie ??
Infinitivo	rad.-ie	rad.-ie	rad. -ie
Part. pres.	rad.-v.p.-la ?	rad.-ila ?	f.c.-la
Part. pas.	rad.-v.p.-na	rad.-ina	f.c.-na ?

Nota: rad. = radical
f.c = forma completa
v.p. = vocal principal
v.p. = vocal principal alargada
rad. = radical con v.p. larga
f.c. = forma completa con v.p. larga si es gram. corta
? = duda moderada
?? = forma hipotética

8. LOS PRONOMBRES

8.1. Pronombres personales

§115. Hay cinco tipos de pronombres personales, que se dividen en tres casos: nominativo, acusativo y dativo; y dos clases: afijos e independientes. Se usan para sustituir un nombre en alguno de estos tres casos que no está presente en la oración. Los pronombres personales afijos se añaden directamente al verbo como sufijos [para reglas sobre el añadido de los pronombres afijos véase §75]. Los pronombres personales independientes se usan sólo en determinadas circunstancias: en nominativo cuando no hay verbo o para enfatizar, en acusativo para verbos en imperativo o cuando no hay un pronombre nominativo afijo en el verbo, y siempre en dativo, ya que no hay formas de pronombres afijos para ese caso.

§116. Existe un grupo de consonantes, una para cada posible combinación de persona y número, a partir del cual se construyen todos los pronombres personales (también los adjetivos y pronombres posesivos). Todas las formas para una misma persona y número se generan a partir de la misma consonante correspondiente. Por desgracia, en nuestra reconstrucción hay algunas que se repiten y conducen a cierto número de formas iguales. No sabemos si es correcto o si se debe a un fallo de interpretación [véase §124-127 para una explicación de las formas escogidas]. El grupo de consonantes características parece ser el siguiente:

1.ª persona singular:	n
2.ª persona singular respetuosa:	l
2.ª persona singular familiar:	t
3.ª persona singular:	s/r
1.ª persona plural exclusivo:	m
1.ª persona plural inclusivo:	m
1.ª persona plural dual inclusivo:	v
2.ª persona plural:	l
3.ª persona plural:	t

§117. Hay tres formas para la primera persona plural. En *The War of the Jewels* se dice que **-mme** es la terminación de plural exclusiva. En lingüística este término significa que en el nosotros no se incluye a la persona (o personas) con las que se habla. Cuando sí se las incluye se habla de plural inclusivo. Según se dice en las *Cartas de J.R.R. Tolkien* las otras dos formas son dos tipos de dual que dependen «del número de personas involucradas». Así, tenemos un dual estricto que se utiliza cuando hay dos personas hablando una con otra, y otro que se utiliza cuando son dos grupos de personas (aunque uno de ellos sólo tenga un integrante). Según la nomenclatura usual el primero sería un dual inclusivo y el segundo un plural inclusivo. Para un dual exclusivo (un nosotros que incluya a dos personas que están hablando a una tercera) habría que usar las formas del plural exclusivo; no obstante, si no se producen confusiones, se podría añadir una **-t** marca de dual. Resumiendo:

- *plural exclusivo*: nosotros (yo y los que están conmigo), pero no vosotros (o tú).
- *plural inclusivo*: nosotros (yo y los que están conmigo), y vosotros (o tú).
- *dual exclusivo*: yo y él/ella, no tú.
- *dual inclusivo*: yo y tú.

8.1.1. Pronombre personal nominativo afijo

§118. Se usa con aquellos verbos que no tengan el sujeto explícito en la oración. Al contrario que en castellano, en el ejemplo «Aragorn llegará mañana», no hay que añadir terminaciones de persona al verbo cuando el sujeto sí que está presente. Los pronombres de nominativo afijos se añaden siempre al verbo en singular, después de las terminaciones de tiempo. Sus formas son las siguientes:

Singular		Plural	
1.ª:	**-nye**, «yo»	*1.ª exc*:	**-mme**, «nosotros»
2.ª reverencial:	**-lye**, «tú/ usted»	*1.ª inc*:	**-lme**, «nosotros»
2.ª familiar:	**-tye**, «tú»	*1.ª dual inc*:	**-lve**, «nosotros»
3.ª:	**-rye**, «él» o «ella»	*2.ª*:	**-lle**, «vosotros»
		3.ª:	**-nte**, «ellos»

*Nai **hiruvalye** Valimar, «quizá **encuentres** Valimar» [CA]*
*Andave **laituvalmet**, «largamente **alabaremos**los» [RR]*

§119. Tenemos varios ejemplos en los que sólo se añade **-n** como pronombre de primera persona singular. En cambio, hay ejemplos con la terminación entera para la segunda persona singular. Existe la posibilidad de que todos los pronombres se puedan contraer de esta forma, y que en nuestro ejemplo para la segunda persona se usara la forma entera por problemas en la métrica en el poema del que se ha extraído. Se añadiría como terminación de pronombre la vocal característica, excepto en la primera persona plural, en la que habría que añadir el pronombre entero [véase §86].

8.1.2. Pronombre personal nominativo independiente

§120. Además de las terminaciones, existen unos pronombres de nominativo independientes que se usan cuando no hay verbo o para dar un mayor énfasis al sujeto de la frase. Se colocan delante del verbo y actúan como cualquier nombre en nominativo: los pronombres de singular requieren verbos en singular y los pronombres de plural requieren verbos en plural. Además, su presencia elimina la necesidad de los pronombres personales nominativos afijos.

Singular		Plural	
1.ª:	**inye**, «yo»	*1.ª exc:*	**emme**, «nosotros»
2.ª reverencial:	**elye**, «tú/usted»	*1.ª inc:*	**elme**, «nosotros»
2.ª familiar:	**etye**, «tú»	*1.ª dual inc:*	**elve**, «nosotros»
3.ª:	**erye**, «él o ella»	*2.ª:*	**elle**, «vosotros»
		3.ª:	**ente**, «ellos»

*Nai **elye** hiruva, «Quizá **tú** (lo) encuentres» [CA]*
***Inye**, «yo también» [LR]*

8.1.3. *Pronombre personal acusativo afijo*

§121. Se usan cuando el complemento directo del verbo no está en la oración, pero sólo en el caso de que también haya un pronombre nominativo afijo en el verbo. Se añade después del pronombre de nominativo como un segundo sufijo. Los pronombres acusativos afijos consisten solamente en la consonante representativa de la persona y número que se necesite. Al no poder terminar las palabras kwenya en **-m** o **-v** es posible que no existan pronombres afijos acusativos para las formas de primera persona plural o que se añada una vocal posterior.

Singular		Plural	
1.ª:	**-n**, «me»	*1.ª exc:*	**-me**, «nos»
2.ª reverencial:	**-l**, «te»	*1.ª inc:*	**-me**, «nos»
2.ª familiar:	**-t**, «te»	*1.ª dual inc:*	**-ve**, «nos»
3.ª:	**-s**, «lo» o «la»	*2.ª:*	**-l**, «os»
		3.ª:	**-t**, «los»

*Andave **laituvalmet**, «largamente **alabarémoslos**» [RR]*
*Nai **tiruvantes**, «ojalá **lo vigilen**» [CI]*

8.1.4. Pronombre personal acusativo independiente

§122. Sólo disponemos de un ejemplo seguro de su uso, en un imperativo. Este modo verbal normalmente no lleva pronombre de nominativo afijo, y si lo hace lleva formas reducidas terminadas en consonante, por lo que no podemos usar los pronombres acusativos afijos con él. En un texto más primitivo de *The Lost Road* hay otro ejemplo: **me lumna**, «nos abruma» (*«us is-heavy»*). Según este ejemplo, en frases no imperativas el pronombre debería estar antes del verbo. Es probable que estos pronombres se usen cuando el sujeto de la oración no esté presente mediante pronombre nominativo afijo, para proposiciones subordinadas sin sujeto y cuando las preposiciones vayan acompañadas de pronombres. Se forma añadiendo una vocal a la consonante característica, probablemente **-i** en la primera persona de singular y **-e** en el resto. A partir de ahora las formas de primera persona plural inclusiva y exclusiva parecen ser las mismas.

Singular		*Plural*	
1.ª:	**ni**, «me»	*1.ª exc.*	**me**, «nos»
2.ª reverencial:	**le**, «te»	*1.ª inc.*	**me**, «nos»
2.ª familiar:	**te**, «te»	*1.ª dual inc.*	**ve**, «nos»
3.ª:	**se**, «lo» o «la»	*2.ª:*	**le**, «os»
		3.ª:	**te**, «los»

*A laita **te**, «alabad **los**» [RR]*
*Imbe **met**, «entre **nosotras dos**» [CA]*

8.1.5. Pronombre personal dativo independiente

§123. El pronombre dativo sólo tiene formas independientes. Se construye añadiendo una **-n** (la terminación característica de este caso) al pronombre acusativo independiente. Al no conocer bien todas las formas de acusativo, tampoco podemos conocer las de dativo. Se utiliza cuando el complemento indirecto del verbo no está presente en la oración. Nuestro único ejemplo procede de una oración interrogativa del *Lamento del Galadriel*, por lo que no sabemos la posición que ocupan en oraciones enunciativas. Sus formas son:

<u>*Singular*</u>		*Plural*	
1.ª:	**nin**, «me»	*1.ª exc.*	**men**, «nos»
2.ª reverencial:	**len**, «te»	*1.ª inc.*	**men**, «nos»
2.ª familiar:	**ten**, «te»	*1.ª dual inc.*	**ven**, «nos»
3.ª:	**sen**, «le»	*2.ª*:	**len**, «os»
		3.ª:	**ten**, «les»

Man i yulma ***nin*** *enkwantuva?, «¿quién* ***me*** *rellenará la copa?» [CA]*

8.1.6. Problemas y variantes

§124. El principal problema con el que nos encontramos a la hora de tratar con los pronombres personales, los adjetivos posesivos y los pronombres posesivos es que solamente disponemos de un reducido número de formas, teniendo que deducir las restantes a partir de los modelos existentes. Este hecho nos ha conducido a una estructura de pronombres que posiblemente sea demasiado regular. Existen además una serie de problemas más concretos que vamos a revisar en los siguientes párrafos.

§125. No se sabe si el kwenya tiene formas distintas de masculino y femenino para los pronombres de la tercera persona singular aplicados a personas (ya vimos que en los nombres comunes no hay distinción de género). El finés sólo distingue entre pronombres de tercera persona singular para personas y para cosas. El adjetivo posesivo **-rya** se usa para masculino y femenino y la terminación **-s** para cosas, masculino y femenino; sin embargo, esto no es una prueba definitiva, ya que el posesivo castellano tampoco lo distingue y **-s** podría ser común para todo. Como una prueba a favor de la distinción se aduce la afirmación: «los elfos llamaban ella al sol». Hay que entender esta frase en su contexto: lo llaman ella (en aquellos idiomas en los que se pueda hacer esta distinción, como el oestrón), porque saben que el sol es conducido por una maia femenina. En *The Lost Road* aparecen unas terminaciones de nominativo que sí distinguen género: **-ro** para masculino y **-re** para femenino. Hemos supuesto que estas formas no se mantienen, al igual que la mayor parte de los pronombres de esa época, ya que no tienen la misma estructura que el resto de los pronombres de nominativo conocidos.

§126. Las segundas personas siempre han sido muy problemáticas. Durante mucho tiempo sólo dispusimos de las formas **-lye** del *Lamento de Galadriel.* Últimamente han aparecido algunos ejemplos con **-lle** para el plural, pero todos en textos abandonados. A falta de otras posibilidades los hemos adoptado, aunque en algunos tipos de pronombres coincidan con las formas de singular. En *The Peoples of Middle Earth* se insinúa que el kwenya podría no distinguir entre segunda persona singular y plural, lo que concordaría con esta opción. Es posible que las formas **-lye** sólo sean una «singularización» (en las clases de pronombres en que esto sea posible) de las de **-lle**, añadiendo la **-y-** que aparece en todos los pronombres de singular. La forma **hiruvalle** que aparece en lugar de **hiruvalye** en un borrador del *Lamento de Galadriel* apoyaría esta idea.

§127. Hay otro problema relacionado con las formas de segunda persona singular. En *The Road Goes Ever On* se dice que el «pronombre reverencial» **le** que aparece en el poema en sindarin a Elbereth es un préstamo del kwenya, y en *The Morgoth's Ring* que el élfico (sin especificar qué lengua) tenía pronombres de segunda persona singular reverenciales y familiares; por otro lado, en *The Lost Road* aparece la forma **tye-melane** (te quiero) usada entre un padre y un hijo; y la terminación de segunda persona singular de los imperativos es **-t**. Todos estos indicios nos llevan a pensar que el kwenya podría distinguir entre pronombres reverenciales de segunda persona, los que se forman a partir de la **l**, y familiares, que se construirían a partir de la **t**. De este modo llegamos a varias formas coincidentes con las de la tercera persona plural. Esto podría ser correcto, ya que a Tolkien no parecen importarle las repeticiones (la misma **-t** es marca de dual) y es algo que pasa en muchos idiomas con diversas partes de su gramática (formas respetuosas y de tercera persona singular en el castellano o la declinación de los artículos en alemán). Por otro lado, si aceptamos la afirmación de que el kwenya originalmente no distinguía entre segunda persona singular y plural, estas formas podrían estar tomadas de las de tercera persona plural.

8.2. Pronombres posesivos

§128. Siguiendo el ejemplo de los pronombres personales de nominativo, se ha propuesto [BQ] la existencia de unos pronombres posesivos independientes. Equivaldrían a los castellanos «mío», «tuyo», «suyo»... Sin embargo, no hay ninguna prueba de su existencia dentro del kwenya definitivo. Se formarían añadiendo una **i-** a la primera persona de singular y una **e-** a las demás formas de los adjetivos posesivos.

Singular		*Plural*	
1.ª:	**inya**, «mío»	*1.ª exc*:	**emma**, «nuestro»
2.ª reverencial:	**elya**, «tuyo»	*1.ª inc*:	**elma**, «nuestro»
2.ª familiar:	**etya**, «tuyo»	*1.ª dual inc*:	**elva**, «nuestro»
3.ª:	**erya**, «suyo»	*2.ª*:	**ella**, «vuestro»
		3.ª:	**enta**, «suyo»

8.3. Pronombres demostrativos

§129. Las formas correspondientes a los pronombres demostrativos parecen ser **si**, «éste»; **ta**, «ése» y **en**, «aquél». Estos pronombres están deducidos de las *Etimologías*, pero no hay absoluta certeza de que sean así. Se usarían en los mismos casos que en castellano.

8.4. Pronombres relativos

§130. Disponemos de varios ejemplos en los que **i** actúa como pronombre relativo. En ellos aparece traducido como «que», «los que», «al que»... y está aplicado siempre a personas. Todo parece indicar que se trata de una partícula invariable que puede actuar en todas las situaciones en que se requiera un relativo, tengan antecedente explícito (el nombre al que se refiere el pronombre) o no. No sabemos si puede aplicarse también a cosas. En *La canción de Fíriel* aparece el compuesto **íre** (**i** + **re**, «día) traducido por el pronombre relativo «cuando». Sin embargo, no sabemos si sigue siendo válido.

> *Nai tiruvantes* ***i*** *hárar mahalmassen [...] ar i Eru* ***i*** *or ilye mahalmar ea, «ojalá lo vigilen* ***los que*** *se sientan en tronos y el Único,* ***que*** *está sobre todos los tronos» [CI]*
> ***I*** *karir kwettar ómainen, «****los que*** *forman palabras con sus voces» [WJ]*

§131. Existe otro pronombre relativo que sí adopta terminaciones de caso: **ya**. Nuestro único ejemplo en el kwenya definitivo está en la forma **yassen**, «en las cuales». De ahí podemos suponer que su significado es «el / la cual» y que se declina como un nombre de la primera declinación. Este pronombre seguramente se usará para oraciones explicativas con un antecedente claro. El relativo debe concordar en número con el nombre que acompaña. Por otro lado, en un poema anterior aparece **yar**, traducido como «quienes (a los que)». De aquí podría deducirse que **ya** equivale realmente a «el / la que, el / la cual», aplicable tanto para personas como para cosas y lugares.

> *Nu luini tellumar, **yassen** tintilar i eleni, «bajo las cúpulas azules, **en las cuales** centellean las estrellas» [CA]*

§132. Existen otros usos de este pronombre recogidos en textos más antiguos, por lo que no sabemos si siguen siendo válidos. En las *Etimologías* (pero en una parte muy antigua, sin ninguna revisión) se dice que **ya** es «hace» y **yasse** significa «había una vez». Esto sería coherente con la afirmación de que el locativo también sirve para expresar el tiempo.

8.5. Pronombres interrogativos

§133. El principal pronombre interrogativo que conocemos es **man**, que equivale con seguridad a «quién». A partir de él se construyen otras formas: **manen**, que significa «cómo»; y **mana**, que se traduce por «qué es». En este último caso podría haber una elipsis del verbo y significar solamente «qué»; o ser un compuesto de **man** y **ná**, con lo que **man** se usaría para expresar tanto «quién» como «qué». Esta opción parece la más probable. En un texto del *The Lost Road* aparecía la forma **man-ie**, también traducida por «qué es», utilizando el verbo **ye** más tarde desechado. Al igual que en finés, quizá **man** pueda adquirir terminaciones de caso para formar: «a quién», «de quién», «a qué»... Siguiendo esta idea se ha propuesto **masse**, «en dónde»; **mallo**, «desde dónde»; y **manna**, «hacia dónde».

> ***Man** i yulma nin enkwantuva?, «¿**quién** me rellenará la copa?» [CA]*

***Manen** lambe Kwendion ahyane?, «¿**cómo** cambió la lengua de los elfos?» [PM]*
***Mana** i·koimas Eldaron?, ¿**qué es** el pan de vida de los elfos» [PM]*

TABLA 3:
RESUMEN DE PRONOMBRES PERSONALES Y ADJETIVOS POSESIVOS

Persona	*N. in.*	*N. af.*	*A. in.*	*A. af.*	*D. in.*	*Adj. pos.*
1s.	***inye***	***-nye/-n***	*ni*	*-n*	***nin***	***-nya***
2s. rev.	***elye***	***-lye***	***le***	*-l*	*len*	***-lda/-lya***
2s. fam.	*etye*	*-tye/i:* ***-t***	*te*	*-t*	*ten*	*-tya*
3s.	*erye*	*-rye*	*se*	***-s***	*sen*	***-rya***
1p. ex.	*emme*	***-mme***	***me***	*-me*	*men*	***-mma***
1p. in.	*elme*	***-lme***	***me***	*-me*	*men*	***-lma***
1p. du.	*elve*	*-lve*	*ve*	*-ve*	*ven*	***-lva***
2p.	*elle*	***-lle/i: -l***	*le*	*-l*	*len*	*-lla*
3p.	*ente*	***-nte***	***te***	***-t***	*ten*	*-nta*

Nota: i: formas de imperativo
las formas en negrita son las documentadas.

9. LOS ADVERBIOS

9.1. Introducción

§134. A partir de **anda**, «largo» [E], y **andave**, «largamente» [RR], podemos suponer que el sufijo **-ve** nos permite formar adverbios de adjetivos. Existen además varias palabras que también son claramente adverbios y que suelen acabar en **-e**. Normalmente van después del verbo, pero en las oraciones interrogativas éste suele ir al final. No parece que haya concordancia de número entre verbo y adverbio. Existen también algunos adverbios que se añaden directamente al verbo como prefijos.

> ***Andave*** *laituvalmet!, «**largamente** los bendeciremos» [RR, C]*
> *Hísie untúpa Kalakiryo míri **oiale**, «niebla cubre las joyas de Kalakirya **eternamente**» [R]*

9.2. Adverbios de lugar

§135. A partir de las palabras de Elendil sabemos que **sinome**, significa «aquí, en este lugar». Siguiendo este modelo podemos construir los adverbios de lugar **tanome**, «ahí, en ese lugar» y **entome**, «allí, en aquel lugar». Otros adverbios de lugar se forman declinando un nombre.

***Sinome** maruvan, «**en este lugar** moraré» [RR]*
*Kormakolindor, a laita **tárienna**, «elevad a los Portadores del Anillo **hacia las alturas**» [RR]*

9.3. Otros adverbios

§136. Otros adverbios conocidos son:

akwa, «completamente» *[WJ]*
ama, amba, am-, «hacia arriba» *[E]*
andave, «largamente» *[RR]*
apa-, «depués» *[E]*
arinya, «temprano» *[E]*
ata, «de nuevo» *[E]*
au-, movimiento hacia lo lejos (con el punto de vista en el hablante o el lugar de su pensamiento) *[WJ]*
en-, «de nuevo» *[CI]*
ep-, «después» *[PM]*
ette, et-, «fuera» *[E]*
háya, «lejos» *[E]*
hekwa, «dejándolo de lado, exceptuándolo» *[WJ]*
ho-, movimiento desde lejos (con el punto de vista fuera de la cosa, lugar o grupo del pensamiento)» *[WJ]*
il-, «no» *[E]*
lá, lala, «no, por el contrario» *[E]*
lau, laume, «no, por el contrario (en pasado)» *[E]*
minna, mir, «hacia el interior» *[E]*
mittal, «adentro» *[CI]*
nai, «ojalá» *[CA]*
nan-, «hacia atrás» *[E]*
nún, «debajo» *[E]*
oa, «lejos» *[WJ]*
oar, «hacia lo lejos (indica movimiento)» *[WJ]*
oi, oi(o)-, «siempre» *[R]*
oiale, «eternamente» *[R]*

palan, «lejos» *[R, S]*
sí, «ahora» *[CA]*
sin, «así» *[PM]*
tar, «ahí» (arcaico) *[E]*
telmello telmanna, «de arriba a abajo» *[E]*
tennoio, «eternamente» *[CA]*
tere, ter-, «a través» *[E]*
ú-, «no» *[E]*
undu, «hacia arriba» *[E]*
voro, vor(o)-, «continuamente» *[E]*
yá, «anteriormente» *[E]*
yalúmesse, yáresse, yasse, «había una vez» *[E]*

§137. No existe acuerdo sobre el uso del adverbio **ve**, «como». Hay gente que lo equipara a una preposición, por lo que el nombre al que acompañe debería estar en acusativo. No obstante, si seguimos el ejemplo del finés o el latín, tenemos un uso diferente: el nombre que siga al adverbio debe tener el mismo caso que el nombre al que hace referencia. La no distinción entre nominativo y acusativo nos impide saber qué opción es la verdadera a partir de nuestros ejemplos, pero la segunda parece mucho más probable.

Yéni únótime ***ve*** *aldaron rámar, «años incontables* ***como*** *ramas de árboles» [CA]*
Man hlaruva rávea súre ***ve*** *tauri lillassie?, «¿quién oirá al viento rugiente* ***como*** *bosques de muchas hojas» [M]*

10. PREPOSICIONES Y POSTPOSICIONES

10.1. Postposiciones

§138. Al igual que el finés, el kwenya posee tanto preposiciones como postposiciones. El uso de las postposiciones es casi idéntico al de las preposiciones, con la única diferencia de que van detrás del nombre. Sólo tenemos un ejemplo de postposición: **pella**, «más allá de»; aunque algunas formas de las que sólo conocemos la traducción también podrían serlo. En finés las postposiciones son más frecuentes que las preposiciones.

Andúne ***pella,*** *«**más allá del** oeste» [CA]*

10.2. Uso de preposiciones

§139. Al ser el kwenya un idioma declinativo, hay ciertas preposiciones que se indican mediante casos (de lugar, genitivo, instrumental...). No obstante, la mayor parte de las preposiciones tienen forma propia y generalmente van seguidas de nombres en acusativo. También se pueden combinar dos preposiciones, una con forma propia y la otra mediante una terminación de caso.

Et *Earello,* *«**desde fuera** del Gran Mar» [CA]*

§140. Las preposiciones que se pueden expresar mediante forma propia y mediante declinaciones reservan la forma propia para cuando pueda haber malentendidos, o para cuando la preposición no esté referida a la acción del verbo principal.

I Eru i ***or*** *ilye mahalmar ea, «el único que* ***sobre*** *todos los tronos es» (usando* ***mahalmassen*** *habría dudas sobre si es «en todos los tronos» o «sobre todos los tronos») [CI]*
Yéni avánier ve linte yuldar ***mí*** *oromardi, «los años han desaparecido como rápidos tragos* ***en*** *las altas salas» («en las altas salas» se refiere a los tragos, no a los años) [CA]*

10.3. Formas conocidas

§141. Otras preposiciones conocidas son:

an, ana, na, «a, hacia» *[E]*
ara, ar-, «junto a, fuera de» *[S, E]*
ava, ava-, «sin, fuera de» *[E]*
et, «fuera de» *[CA]*
hekwa, «dejando de lado a, excepto» *[WJ]*
ho, «desde» *[E]*
imbe, «entre» *[CA]*
mí, «en» *[CA]*
nu, «bajo» *[CA]*
or, «encima de, sobre» *[CI]*
tenna, «hasta» *[RR]*
tere, «a través de, por» *[E]*

Mornie kaita ***imbe*** *met, «la oscuridad yace* ***entre*** *nosotras dos» [CA]*
Vardo ***nu*** *luini tellumar, «****bajo*** *las cúpulas azules de Varda» [CA]*

§142. En **et**, **hekwa** y **tere** tenemos ejemplos de palabras que pueden servir como adverbio y como preposición, al igual que pasa en inglés. Si seguimos este patrón, también tendríamos las siguientes preposiciones (o postposiciones):

amba, «hacia arriba de»
háya, «lejos de»
minna, «hacia el interior de»
mittal, «en el interior de»
palan, «lejos de»
undu, «hacia arriba de»

II. CONJUNCIONES

§143. Las conjunciones son partículas indeclinables que se usan para unir frases. Se emplean igual que en castellano. Las únicas formas conocidas son:

an, «pues, porque» [CA]
ananta, nán, «y sin embargo, pero sin embargo» [E]
ar, «y» [CA]
nan, **ná**, «pero, sin embargo» [E]
sa, «que (conjunción completiva)» [no publicado]

__Ar__ hísie untupa Kalakiryo míri, «__y__ la niebla cubren las joyas de Kalakirya» [CA]
__An__ Varda ortane máryat, «__pues__ Varda elevó sus dos manos» [CA]
Merin __sa__ haryalye alasse, «deseo __que__ tengas felicidad» [no publicado]

§144. Es posible que en las conjunciones de las que se dan dos formas, una acabada en vocal y otra en consonante, se use la primera cuando la palabra siguiente empiece por consonante y la segunda cuando empiece por vocal.

12. INTERJECCIONES

§145. Las únicas interjecciones que conocemos son:

ai, nai, «ay» [CA, WJ]
aiya, «salve» [DT]
ela, «mirad» [S, WJ]
heka, «fuera, apártate» [WJ]
áva, «no lo hagas» [WJ]
yé, «bien» [RR]

Aiya *Earendil elenion ankalima, «**salve** Earendil la más brillante de las estrellas» [DT]*
Yé! *Utúvienyes, «¡bien!, lo he encontrado» [RR]*

13. SINTAXIS

13.1. Orden de las palabras

§146. En kwenya existe un orden teórico de las palabras dentro de una oración. Sin embargo, ese orden se rompe con frecuencia, ya que al ser un idioma declinativo no es imprescindible para mantener el sentido de la frase. Donde más se nota es en poesía, debido a que las palabras ya no se ordenan por funciones gramaticales, sino por cuestiones de métrica y ritmo. En las oraciones enunciativas el orden de las palabras es el mismo que en castellano: sujeto, verbo, complemento directo, complemento indirecto y complementos circunstanciales. En las oraciones exclamativas o con fuerte contenido dramático, el verbo suele pasar a ocupar el primer lugar de la oración. En las interrogativas, al contrario, el verbo ocupa la posición final.

> ***Auta** i lóme!, «¡la noche esta pasando!» [S]*
> *Sí man i yulma nin **enkwantuva**?, «¿quién me rellenará la copa ahora?» [CA]*

13.2. Oraciones negativas

§147. No tenemos muestras de frases negativas en el kwenya definitivo. Sin embargo, en las *Etimologías* aparece el verbo **úin** o **úmin** (pasado **ume**), traducido como «no soy» o «no hago». Todo parece indicar que se debe poner conjugado antes del verbo que queremos negar. Este modo de actuar recuerda al utilizado por el inglés y el finés, y coincide con el que se emplea en *La Canción de Fíriel*. Lo más probable que el verbo principal se coloque después del auxiliar en presente y sin terminaciones de persona. En las *Etimologías* también aparece la palabra **lá**, traducida como «no» o «al contrario», que se podría utilizar para respuestas. No sabemos cómo responder afirmativamente (en una versión del kwenya muy primitiva se usaba el verbo **ná**, «ser», como «sí»). En *The War of the Jewells* tenemos la exclamación negativa **vá**, que quizá substituya a **la**. Esta palabra puede tomar terminaciones de primera persona singular, **ván**, **vanye**, o de primera persona plural exclusivo, **vamme**; y se traduce por «no quiero» o «nosotros no queremos». Una forma derivada de esta partícula se usa para negar los imperativos [véase §86]. Por otro lado, en un texto sindarin de *El Señor de los Anillos* tenemos la expresión **ú-chebin**, traducida como «no he conservado», que se forma a partir del prefijo **ú-** [véase §157]. No sabemos si esta negación es exclusiva del sindarin o si Tolkien decidió cambiar todo el sistema después de las *Etimologías*.

13.3. Oraciones copulativas

§148. Los verbos «ser», «estar» y «parecer» son copulativos, es decir, tienen una estructura sintáctica diferente a la de los demás verbos. Este hecho se ve reflejado en el verbo quenya **ná-** (y probablemente en la forma **ea**). Las frases donde aparecen tienen la siguiente estructura: sujeto, verbo, atributo y complementos circunstanciales. Un verbo copulativo no lleva complemento directo o indirecto. El atributo seguramente sea o bien un adjetivo o bien un nombre en nominativo y debe concordar con el sujeto. A partir de un ejemplo de *La canción de Fíriel*, se ha sugerido que quizá el kwenya pueda prescindir del verbo copulativo, dejando sólo el verbo y el atributo: «tu casa hermosa» en lugar de «tu casa es hermosa».

*Vanwa **ná** (Valimar), «Valimar **está** perdida» [CA]*

13.4. Oraciones subordinadas

§149. A partir de un texto aparecido en una carta inédita hasta hace poco, sabemos que la conjunción «que» es **sa** en kwenya. Esta partícula se utiliza para introducir oraciones subordinadas de diversos tipos (por ejemplo, verbo + «que» + subordinada substantiva con función de complemento directo, sujeto, atributo o complemento preposicional). No hay que confundir la conjunción «que», que es sólo un nexo, con el relativo «que», que substituye a un nombre y en kwenya es **i**.

*Merin **sa haryalye alasse**, «deseo **que tengas felicidad**» [no publicado]*

§150. No tenemos ejemplos de oraciones condicionales. El finés usa la partícula **jos**, «si», más dos verbos en condicional. Son frases del tipo: «si vendrías cantaría» con el significado de «si vinieras cantaría», «si habrías venido habría cantado» con el significado de «si hubieras venido habría cantado» o «si habrías venido cantaría» con el significado de «si hubieras venido cantaría». Puede que el kwenya también use estas construcciones, pero no sabemos qué palabra utilizaría para el «si». El único indicio que tenemos aparece en *The War of the Jewels*, donde se dice que **kwen** significa «alguien» y **aikwen** «si alguien». De ahí podríamos deducir que **ai** a lo mejor significa «si». Ante la falta de datos, se suele utilizar la perífrasis **intyala sa**, «suponiendo que», que puede emplearse en la mayor parte de los casos.

13.5. El verbo «tener»

§151. En todo el vocabulario conocido no hay ninguna palabra que corresponda claramente al verbo «tener». Lo más parecido que tenemos es **harya-**, «poseer», cuyo significado Tolkien se molesta en diferenciar en las *Etimologías* del de la raíz de la que procede (que sí significa «tener»). Así pues, es posible que no exista ningún verbo con esta acepción, como ocurre en el finés, y que se empleen casos para expresarlo: el locativo y el caso desconocido relacionado con él al que hemos llamado adesivo. Si esta hipótesis fuera cierta, la estructura de la oración sería la siguiente: poseedor en locativo o adesivo + verbo **ná-** + objeto poseído. En cualquier caso, en ciertas circunstancias sí que se utiliza **harya-**, por ejemplo para «tener felicidad».

14. FORMACIÓN DE PALABRAS

14.1. Palabras derivadas

§152. A partir de una palabra se pueden formar otras, relacionadas con la primera, pero de una categoría gramatical distinta. Así, en castellano, a partir del verbo «tender» podríamos tener: «tendedero», un nombre que indica el lugar donde se tiende, «tendible», un adjetivo que indica la capacidad de poder tenderse, «tendedor», otro nombre que indica la persona que hace la acción de tender... La formación de estas nuevas palabras se realiza mediante sufijos.

§153. Los sufijos que permiten formar adjetivos a partir de un nombre son: **-(e)a**; **-vea**, que añade un significado de «como»; y **-ina**, que añade un significado de «de». Tambén se puede formar un nombre a partir de otro mediante los casos de lugar.

> ***Ráve***, *«ruido rugiente»* > ***rávea***, *«ruidoso, rugiente» [M]*
> ***El(en)***, *«estrella»* > ***elvea***, *«como estrella» [M]*
> ***Anga***, *«hierro»* > ***angaina***, *«de hierro» [E]*
> ***Falas***, «ola» > ***falasse***, *«costa» [E]*

§154. De un adjetivo podemos formar un nombre mediante el sufijo **-ie**

> ***Morna***, *«negro, oscuro»* > ***mornie***, *«oscuridad» [C y CA]*

§155. Las adjetivos y nombres más evidentes que se pueden formar a partir de un verbo son las formas no personales: infinitivo/gerundio y participios. Además de ellas, podemos construir nombres mediante los sufijos **-(n)tar** (o **-ar** para verbos con radical terminado en **-t**), para referirse al que realiza la acción (-dor en castellano o -er en inglés); y **-(a)le**, que es el resultado o producto de la acción del verbo. Podemos formar adjetivos mediante el sufijo **-ima** (-ible).

> ***Ista-***, *«saber, conocer»* > ***Istar***, *«Sabio» [RR, LR]*
> ***Envinya-***, *«restaurar»* > ***Envinyatar***, *«Restaurador» [RR]*
> ***Linde-***, *«cantar»* > ***Ainulindale***, *«música de los Ainur» [E, S]*
> ***Vesta-***, *«casarse»* > ***vestale***, *«boda» [E]*
> ***Nót-***, *«contar, computar»* > ***nótima***, *«contable, numerable» [R]*

§156. Tenemos dos ejemplos de nombres en diminutivo que se construyen con el sufijo **-elle**, y otros dos procedentes de *The Peoples of Middle-Earth* que utilizan **-nke**. Por otro lado tenemos **lin-** aplicado a adjetivos, a los que añade el significado de «muy, muchos». En las *Etimologías* sólo se da la traducción, por lo que existe la posibilidad de que sea un prefijo aumentativo para todo tipo de palabras.

> *Elanor**elle**, «Elanorcita» [FT]*
> *Nand**elle**, «Arpa pequeña» [E]*
> *Atari**nke**, «pequeño padre» [PM]*
> ***Lil**lassea, «hojísimo (con muchas hojas)» [M]*

§157. Por último, con el prefijo **ú-** añadimos a nombres y adjetivos los significados de «no, in-, sin». En las *Etimologías* se dice que este prefijo además añade un matiz maligno, pero es posible que en el kwenya definitivo ya no suceda, ya que hay un ejemplo en sindarin en el que no ocurre. En el mismo texto también se mencionan otros prefijos con un significado parecido: **ava-** e **il-**.

Úvanimor, «monstruos (no bellos)» [E]
Únótima, «incontable» [CA]

14.2. *Palabras compuestas*

§158. En muchas ocasiones se pueden juntar dos palabras para dar lugar a una diferente que combina los significados de ambas. A lo largo de la gramática hemos visto algún caso, como por ejemplo en la formación de verbos compuestos, pero donde aparece con mayor frecuencia es en la formación de nombres propios. Así, la palabra modificada suele ser un verbo o un nombre, y la palabra que modifica un adverbio, un adjetivo u otro nombre que hace de genitivo.
§159. Las dos palabras se unen en su forma más pura, sin terminaciones de número o caso, incluso cuando se refieren a un nombre en plural (**Noldolante**, «La caída de los Noldor», literalmente «Noldo-caída»). Normalmente el modificador suele ir antes del nombre modificado, aunque esta norma se rompe con frecuencia por motivos de eufonía. La unión de las dos palabras puede provocar contracciones o cambios ortográficos en las mismas.

14.2.1. *Contracciones*

§160. Cuando en la unión de las dos palabras una de ellas tiene una importancia mucho mayor que la otra, la menos importante puede sufrir algún tipo de contracción que limite su longitud a la parte fundamental de su significado. Por otro lado, si el final de la primera palabra y el comienzo de la segunda son similares, al unirse pueden simplificarse.

***Narsilion**, «canción del sol y la luna», literalmente significa «de fuego y brillo» [S]*
***Parmaite**, «diestro en libros» viene de **parma** y **maite**. [CI]*
***Untúpa**, «cubrir» viene de **undu-** y **tópa-** [R]*

14.2.2. Cambios ortográficos

§161. Los cambios en la primera palabra dependen de su final y del principio de la segunda. Pueden ocurrir los siguientes casos (este análisis está tomado casi textualmente del *Basic Quenya*):

-c-v + v-: La vocal de la primera palabra se omite.
-v-v + v-: La segunda vocal de la primera palabra suele omitirse; si el resultado forma un diptongo la primera vocal también se elimina.
-v + c-: Normalmente se unen sin más. A veces la vocal puede alargarse o reemplazarse por **i**.
-v-v + c-: Puede mantenerse una vocal o las dos. La primera nunca lleva el acento tónico (si es necesario se alarga la segunda vocal para impedirlo).
-c + v-: Se unen las dos palabras sin cambios.
-c + c-: Ésta es la situación más complicada. Si resulta una combinación aceptable se unen sin cambios [véase §15]. Si las dos son iguales, se unen sin cambios o se elimina una de ellas. Algunas veces se inserta una vocal. La consonante **n** cambia mucho, especialmente cuando está el final de una sílaba no acentuada (como el **-en** de **elen**); puede cambiar a **l** antes de **l**, a **r** antes de **r**, a **s** antes de **s**, a **m** antes de **m**, **p** o **f**, o desaparecer.

***Yavanna**, «Dadora de frutos» viene de **yáve** y **anna** [S]*
***Lómeanor**, «Tierra sombría» viene de **lómea** y **nor** [DT]*
***Earráme**, «Ala del mar» viene de **ear** y **ráme** [S]*
***Atanamir**, «Joya de los hombres» viene de **atan** y **mir** [AP]*
***Elessar**, «Piedra de elfo» viene de **elen** y **sar** [CA]*

§162. Los cambios en la segunda palabra normalmente se deben a razones etimológicas. Hay palabras que en protoélfico empezaban por unos sonidos que luego se perdieron en el kwenya. Cuando una palabra que comienza con uno de esos sonidos se usa en el segundo lugar de un compuesto, puede volver a tomar su forma original o una parecida. Por ejemplo, los sonidos primitivos **b**, **d**, **g** no se usan en kwenya: pasan a ser **mb**, **nd**, **ng** en el interior de la palabra y **m**, **l** o nada al comienzo. Las palabras que empiezan por estos sonidos pueden pasar a ser **mb**, **nd**, **ng** al formar los compuestos.

Protoélfico ***MBÁR****, «casa» > kwenya* ***mar****:* ***Eambar****, «Morador del mar» [CI]*
Protoélfico ***DÓMÉ****, «noche» > kwenya* ***lóme****:* ***Tindóme****, «penumbra estrellada» [S]*
Protoélfico ***DUI*** *«fluir» > kwenya* ***luine****, «río» (poco usado) [TC]:* ***Nunduine****, «río del oeste» [CI]*

LAS TENGWAR

Además de crear numerosas lenguas para su mundo, Tolkien las dotó de dos sistemas de escritura. Uno de ellos está basado en las runas germánicas, pero el otro es completamente original. En este libro nos limitaremos a dar unas pocas notas sobre el segundo, las **tengwar**, ya que constituyen la escritura natural del kwenya. Un análisis más completo (aunque algo confuso) sobre ambos sistemas, así como sus formas y equivalencias para distintas lenguas de la Tierra Media, aparece recogido en los *Apéndices de El Señor de los Anillos* (apéndice E). En este capítulo se incluye una tabla con las tengwar numeradas del 1 al 36 y sus equivalencias durante la Tercera Edad.

Según se cuenta, el origen de este sistema se remonta a Valinor, ya que fue ideado por Rúmil de Tirion, un elfo noldo de la Primera Edad. Sin embargo, fue Feanor quien reordenó todo el conjunto y le dio su forma definitiva. Además, fue el primero en llamar **tengwa** a la representación escrita de un **tengwe** (o signo) hablado, por lo que su sistema de escritura pasó a conocerse como las **tengwar**. Cuando los Noldor regresaron a la Tierra Media las llevaron consigo y no tardaron en extenderse, ya que estaban mucho mejor adaptadas para la escritura mediante pluma o pincel que los métodos existentes. En poco tiempo acabaron substituyéndolos, de modo que se convirtieron en el sistema universal de escritura de la Tierra Media. Tan sólo los enanos continuaron utilizando habitualmente las antiguas runas ideadas por los sindar.

Cada tengwa consiste en un tallo (o **telko**) y un arco (o **lúva**) y originalmente representaba un único sonido consonántico. La situación y el tamaño del tallo indicaban el modo de articulación: oclusiva si se extendía por debajo de la línea de escritura, fricativa si lo hacía por encima, y nasal si no se prolongaba. Además, el número de arcos señalaba la sonoridad: uno indicaba una consonante sorda y dos, una sonora. Por otro lado, las tengwar se agrupaban en series (o **témar**), según el punto de articulación, que se dividían en grados: la serie **tinkotéma** para las dentales, la serie **parmatéma** para las labiales, la serie **kalmatéma** para las velares, y la serie **kwessetéma** para las velares seguidas de la semiconsonante **w**. Existían además otras tengwar fuera de esta estructura que se usaban para representar sonidos que no cabían en ella: las letras adicionales.

Sin embargo, esta organización teórica tan rígida se suavizó en su aplicación al kwenya, ya que muchas de las combinaciones de modo, sonoridad y punto de articulación posibles no existían en este idioma. La idea original de las tengwar consistía en un sistema de escritura de base fonética, con unos valores teóricos pero no fijos, que se pudiera adaptar para escribir en cualquier lengua. Así, cuando se utilizan para el kwenya, grados enteros se usan para representar combinaciones de consonantes o incluso semiconsonantes. Esta identificación entre tengwa y consonante (o grupo de ellas) es la causa de las vacilaciones de Tolkien en la ortografía del kwenya, ya que para un único sonido consonántico del kwenya existen varias posibles representaciones en nuestro alfabeto. La evolución fonética del kwenya provocará el problema opuesto: varias tengwar para un único sonido consonántico.

Junto a los símbolos consonánticos, existen otros signos de que se colocan encima o debajo de las consonantes: los **tehtar**. Los más importantes son los que representan a las vocales, que se sitúan sobre la consonante inmediatamente anterior. Si no hay ninguna, se ponen sobre un portador mudo (aproximadamente como la letra **i** pero sin el punto). Las vocales largas se indican repitiendo el tehta sobre la misma consonante o colocándolo sobre un portador largo (como la **j** pero sin el punto). Este mismo símbolo se utiliza en la Tercera Edad para representar la h en los grupos **hl**, **hr** y **ht**. Otros tehtar utilizados son: dos puntos colocados bajo la consonante, que indican que sigue una **y**; una línea colocada bajo la consonante, que indica que la consonante es doble; y un rabito a continuación de la consonante, que indica que sigue una ese (para los grupos **ks**, **ps**, **ts**).

Pasamos ahora a ver los valores que se utilizan en la Tercera Edad para los tehtar vocálicos y las tengwar. Para representar las vocales se usan tres puntos en forma de triángulo (o unidos formando un circunflejo) como **a**, una tilde como **e**, un punto como **i**, la tilde terminada en un pequeño rabito hacia la derecha como **o** y la tilde con el rabito hacia la izquierda como **u** (véase la inscripción en lengua negra del anillo donde el rabito a la derecha representa la **u** y el rabito a la izquierda la **o**). Los valores que se asocian a las tengwar aparecen recogidos en la tabla que acompaña a este capítulo. En los próximos párrafos explicamos los que no son triviales de aplicar.

Cuando se dispone de varias tengwar para representar un mismo sonido, se puede actuar de distintas maneras. En el caso de las eses y dobles eses que van de 29-32 son meras variantes, que podemos usar según nuestro gusto. En otras ocasiones tenemos dos tengwar que representan un mismo sonido a partir de una evolución fonética distinta. En este caso debemos saber el origen de la palabra, para así poder usar una u otra. En la tabla se indica el origen etimológico de las tengwar que han llegado a tener el mismo valor por este motivo, y en el vocabulario kwenya-castellano el origen de las palabras dudosas. Por último tenemos el caso de las erres. Al parecer, en la Tercera Edad no había distinción de pronunciación ni una evolución fonética distinta. Tolkien usa la 25 al comienzo de una sílaba o palabra, y después de vocales largas o tónicas. La 21 se usa para plurales, al final de sílabas no acentuadas y en la palabra **ar**.

Otros sonidos que también tienen alguna complicación en su representación son la **y** y los diptongos decrecientes. La **y** puede aparecer formando un grupo con otra consonante, después de h, al comienzo de palabra o detrás de un diptongo acabado en -u o -i. En todos los casos se utiliza el tehta que vimos más arriba para representarla, debajo de la consonante correspondiente en el primer caso, de la tengwa 33 en el segundo y de la 23 en los dos últimos. El único uso complicado que nos queda por ver es el de los diptongos decrecientes. Para su escritura se recurre a las tengwar 35 y 36, colocando la otra vocal (la que va *antes* de la **u** o de la **i** en el diptongo) sobre la que corresponda. Cuando tenemos dos vocales seguidas que no forman diptongo, se coloca la primera sobre la consonante precedente y la segunda sobre un portador.

Los signos de puntuación que se utilizan son los siguientes: cuatro puntos formando un cuadrado para representar una pausa larga, es decir, un punto y aparte; dos puntos para una pausa media, como un punto y seguido o un punto y coma; y un único punto a media altura para una pausa corta, una coma o dos puntos. Como signo de interrogación se pone al final de la oración un símbolo parecido a una beta o a la tengwa número 1 con dos arcos cerrados, uno debajo del otro; como signo de exclamación se emplea un portador que se prolonga por encima de la línea de escritura. El siguiente texto recoge una muestra del uso de las tengwar y la puntuación.

Halle arani ar halle kiryar;
Nelde lur nelde.
Man túkente ruksala marello,
nu i rávea eare?
Otso eleni ar otso ondor,
ar mine ninkwe orne!

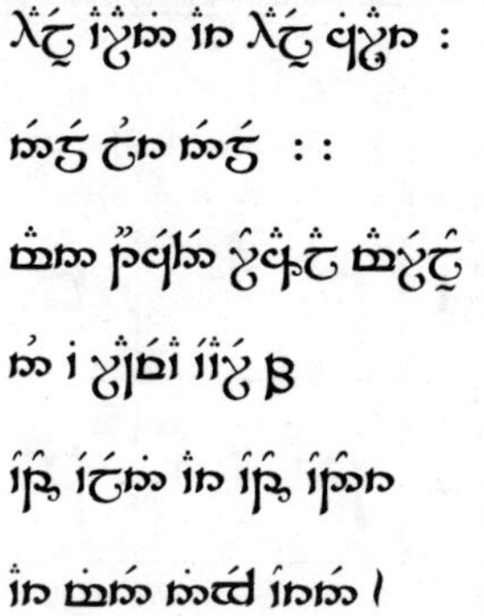

Además, las tengwar también disponen de un sistema de numeración, que fue presentado por Christopher Tolkien en los números 13 y 14 de la revista Quettar. Para las enumeraciones se usan las tengwar que van de la 1 a la 24 con un punto o una barra encima, de la misma forma que nosotros pondríamos a), b)... Para los números existen un sistema decimal y uno duodecimal (como ya se vio anteriormente). Los elfos usaban ambos, los enanos el duodecimal y los hombres principalmente el decimal. La característica más importante de estos sistemas es que los dígitos que forman la cifra se colocan en un orden inverso al nuestro, así, 123 sería 321. En el sistema decimal los dígitos se marcan con un punto encima, o bien se cubre toda la cifra con una línea continua. El sistema duodecimal pone los puntos o la línea por debajo. Estas marcas pueden omitirse cuando no haya posibilidad de confusión. Los dígitos son los siguientes (los dos últimos sólo se emplean en el sistema duodecimal):

	I Tinkotéma	II Parmatéma	III Kalmatéma	IV Kwessetéma
1	1 t	2 p	3 k	4 kw
2	5 nd	6 mb	7 ng	8 ngw
3	9 s (de th)	10 f	11 h (de kh)	12 hw (de khw)
4	13 nt	14 mp	15 nk	16 nkw
5	17 n	18 m	19 n (de gn)	20 nw
6	21 r	22 v	23 y* (*inicial)	24 v (de w)
	25 r	26 rd	27 l	28 ld
	29 s	30 s	31 ss	32 ss
	33 h	34	35 -i (diptongos)	36 -u (diptongos)
	h (+l, +r, +t)	a e i o u	sigue «s»	consonante doble; sigue «y»

DICCIONARIOS

1. INTRODUCCIÓN

De poco puede servir la gramática de un idioma si no se dispone también de un vocabulario para utilizarla. Tolkien no dejó ningún diccionario del kwenya definitivo, pero sí hizo varios intentos a lo largo de su vida, así como diversos glosarios que acompañan poemas y otros textos. Los primeros lexicones (tal como él los llamó) datan de los años 20, y son contemporáneos del *Libro de los Cuentos Perdidos.* Sin embargo, la gramática del kwenya de esa época cambió rápidamente, y este hecho se vio acompañado de múltiples cambios en las raíces y la evolución de las palabras. No obstante, hay ciertas palabras que, a pesar de cambiar de etimología y significado varias veces desde entonces, sobrevivieron con la misma forma hasta la muerte de Tolkien. Los múltiples cambios en las palabras de esos lexicones y sus contradicciones con épocas posteriores aconsejan no utilizarlos como fuente de un diccionario para el kwenya definitivo.

En los años 30, Tolkien comenzó lo que sería su más completo, y último, intento para dotar a las lenguas élficas de un diccionario. Siguiendo el modelo de los lexicones, se trata de un diccionario etimológico, en el que se recogen raíces protoélficas y los derivados a diez idiomas y dialectos élficos de la época (aunque poniendo mucho más énfasis en los antecesores del kwenya y el sindarin). De ahí su título: *las Etimologías.* Lamentablemente Tolkien lo abandonó, tras varias revisiones, poco después del inicio de *El Señor de los Anillos.* Aunque proviene de una época inmediatamente anterior a la que hemos considerado como inicio del kwenya definitivo en la gramática y hay algunos (pocos) términos que contradicen fuentes posteriores, la gran cantidad de palabras que proporciona y el hecho de que Tolkien no iniciara un substituto creo que justifica tomarlo como base de un diccionario del kwenya posterior. De las más de 1600 palabras que a continuación se recogen, aproximadamente 900 están sacadas de allí.

En el vocabulario kwenya-castellano se incluyen palabras provenientes de *las Etimologías*, así como de poemas, textos y glosarios posteriores, dadas según la ortografía que hemos supuesto para la Tercera Edad. Junto a cada palabra se da la categoría gramatical a la que pertenece, su traducción o traducciones, las fuentes donde aparece con mayor claridad, irregularidades, la forma que adopta en compuestos, indicaciones para la escritura mediante tengwar y la formación de compuestos, así como una pequeña explicación sobre su uso en caso de ser necesario. Cuando una palabra tiene distintas acepciones aparecen una detrás de otra. En los casos en que varias palabras kwenya se traducen de la misma manera, se han incluido todas las formas existentes (salvo las que fueron claramente desechadas). Ante la duda de cuál escoger, un buen criterio de selección es recurrir a la proveniente de un libro más tardío.

El vocabulario castellano-kwenya es mucho más sencillo: sólo recoge la palabra castellana, con su categoría gramatical, y todas las palabras en kwenya equivalentes. Para asegurarse sobre los posibles matices de significado e irregularidades en su uso, se recomienda comprobar siempre las palabras en el vocabulario kwenya-castellano antes de usarlas.

2. ABREVIATURAS

adj.	adjetivo
adv.	adverbio
art.	artículo
conj.	conjunción
fem.	femenino
intj.	interjección
LG	Lamento de Galadriel, en CA y explicado en R
mas.	masculino
n.	nombre
part.	partícula
pref.	prefijo
prep.	preposición
pron.	pronombre
post.	postposición
suf.	sufijo
v.	verbo
v. d.	verbo derivado
v. e. f.	verbo elemental fuerte
v. e. d.	verbo elemental débil
voc.	vocativo
*	forma no segura (por venir de un compuesto...)
?	traducción o afirmación no segura

3. VOCABULARIO KWENYA-CASTELLANO

A

a-: *pref. verbal.* se usa cuando la forma completa del verbo substituye al infinitivo. M.

a: *intj.* oh. RR.

a: *part. verbal.* se usa para fomar los imperativos. También *á.* RR, MR.

aha: *n.* ira. Viene de *akha.* AP.

ahya-, *pasado* ahyane: *v. d.?* *cambiar. PM.

ai: *intj.* ay. LG.

aika: *adj.* [a] puntiagudo, afilado. S, E. [b] terrible, cruel. PM.

aikale: *n.* punta. E.

aikasse: *n.* cima, cumbre montañosa. E.

aikwa: *adj.* abrupto. E.

aikwen: *pron.* cualquiera que sea, si alguien. WJ.

ailin: *n.* laguna, lago. E.

aina: *adj.* sagrado. S, E.

Aini: *n. fem.* una de las Ainur. Aparece en E y luego no se vuelve a usar.

Ainu: *n. mas.?* uno de los Ainur (lit. sagrado). Palabra de origen valarin. S, WJ.

aira: *adj.* [a] sagrado. PM. [b] rojo, cobrizo, rubicundo. E.

aire: *n.* [a] santidad. En LG se traduce como adjetivo, sagrado. PM. [b] mar (pero sólo mares interiores). E.

aista-: *v. d.* temer, tener terror a algo. E.
aiwe: *n.* pajarillo. E, S.
aiwenor: *n.* parte inferior del aire (considerado como región). E.
aiya: *intj.* salve, saludos. DT.
aksa: *n.* sendero estrecho, barranco. E.
aksan: *n.* ley, regla, precepto. Palabra de origen valarin. WJ.
akso: *n.* hueso. M.
akwa: *adv.* completamente. WJ.
alahasta: *adj.* inmaculado. MR.
alalme: *n.* olmo. E.
alarka: *adj.* rápido. E.
alasse: *n.* alegría. E.
alata: *n.* resplandor. En compuestos *alta-*. S.
Alatare: *n.* Océano (en contraposición a *aire*, q. v.). M.
alda: *n.* árbol (de copa amplia). C, S, AP.
aldarwa: *adj.* arbolado. E.
Aldea: *n.* 4.° día de la semana númenóreana dedicado al Árbol Blanco. AP.
Aldúya: *n.* 4.° día de la semana élfica dedicado a los Dos Árboles. AP.
alka: *n.* rayo de luz. E.
alkar: *n.* resplandor, brillo, gloria. En E se da *alkar(e)*. E, R, CI3.
alkarin: *adj.* glorioso. R, CA.
alkarinkwa: *adj.* glorioso (lit. lleno de gloria). E, WJ.
Alkarinkwe: *n.* Júpiter (planeta). MR.
alkwa: *n.* cisne. S, E.
alma: *n.* prosperidad, buena suerte, riqueza. Viene de *g-*. E.
almare: *n.* bendición. Viene de *g-*. E.
almárea: *adj.* bendito. Viene de *g-*. E.
almie: *n.* bendición. Viene de *g-*. E.
alta: *adj.* grande, de gran tamaño. En compuestos *alat-*. E.
alya: *adj.* próspero, rico, abundante. Viene de *g-*. E.

ama: *adv.* hacia arriba. E.
aman: *adj.* bendito, libre de mal. Palabra de origen valarin. WJ.
amandi: *n.* véase *óman.*
amanya: *adj.* referido a Aman. WJ.
amatikse: *n.* signo diacrítico por encima de la línea de escritura. E.
amaurea: *n.* amanecer (poético). M.
amba: *adv.* arriba, hacia arriba. En compuestos *am-*. CI2, E.
ambal: *n.* losa. E.
ambale: *n.* pájaro amarillo, verderón (pájaro). E.
amban: *n.* ladera, pendiente ascendente. E.
ambapenda: *adj.* empinado, cuesta arriba. E.
ambar: *n.* destino. Declinación según *ambarta-?*. Ambartanen S, CI1.
Ambar: *n.* el mundo. RR.
ambaron: *n.* ascensión, salida del sol, oriente. Declinación según *ambarón-?*. E.
ambo: *n.* *colina. Ambonnar M.
ambaróne: *n.* ascensión, salida del sol, oriente. Declinación según *ambarón-?*. E.
amil: *n. fem.* madre. E, MR.
amilesse: *n.* nombre recibido por un Elfo de su madre al nacer. MR.
ammale: *n.* pájaro amarillo, verderón-(pájaro). E.
amme: *n. fem.* mamá. E.
amorta-: *v. d.* levantar. Amortala M.
ampa: *n.* gancho. AP, E.
ampano: *n.* construcción (especialmente de madera), sala de madera. E.
ampende: *n.* cuesta hacia arriba, pendiente. E.
ampenda: *adj.* empinado, cuesta arriba. E.
an-: *pref.* prefijo superlativo o intensivo. C.
an: *conj.* pues, porque. CA.
an(a): *prep.* a, hacia. En compuestos *ana-*. E.
anamo: *n.* destino. WJ.
ananta: *conj.* pero sin embargo. E.

Anar: *n.* el sol. S, E, CI1, M.
anaróre: *n.* salida del sol, amanecer. E.
Anarya: *n.* 2.º día de las semanas élfica y númenóreana dedicado al sol. AP.
anda: *adj.* largo. E, PM.
andamunda: *n.* elefante. E.
andatehta: *n.* marca larga (indica vocal larga). E.
andave: *adv.* largamente. RR, C.
ando: *n.* entrada, puerta. AP, E.
andon, *plural* andondi: *n.* portón, entrada grande. E.
Andúne: *n.* Oeste. LG, S.
andúne: *n.* puesta de sol. M, E.
anesse: *n.* nombre añadido de los elfos. MR.
anga: *n.* hierro. AP, S, C, E.
angaina: *adj.* de hierro. E.
ango, *plural* angwi: *n.* serpiente. E.
angwi: *n.* véase *ango.*
angulóke: *n.* dragón. E.
anka: *n.* mandíbula, hilera de dientes. E, AP.
ankale: *n.* el sol (lit. brillante). E.
ankalima: *adj. sup.* el/la más brillante. DT.
anna: *n.* don, regalo. S, AP, E.
anta: *n.* cara, rostro. E.
anta-: *v. d.* dar. E.
ante: *n. fem.* dadora. E.
anto: *n.* boca. AP.
anto: *n. mas.* dador. E.
anwa: *adj.* real, verdadero. E.
anwe: *v. pas.* pasado arcaico del verbo *auta-*. WJ.
apa-: *adv.* después. MR.
apaken-: *v. e. d.?* *predecir. MR.
apaken: *n.* *predicción. MR.
apakenya: *adj.* predictivo. MR.
Apanóna: *n.* Hombre (lit. nacido después). WJ.
apsa: *n.* comida cocinada, alimento. E.
ar: *conj.* y. LG, E.
ára: *n.* aurora. E.

ara: *prep.* junto a, fuera de (en un sentido puramente físico). En compuestos *ar-*. E, S.
aran: *n.* rey, caudillo. En compuestos *ar(a)-*. C, WJ, Arandil AP, aranion RR.
Aran Meletyalda: *voc.* vuestra majestad. WJ.
arandil: *n.* realista (partidario del rey). C.
arandur: *n.* senescal, ministro. CI3, C.
aranel: *n. fem.* princesa. CI2.
arata: *adj.* noble, elevado. En compuestos *ar(a)-*. WJ.
Aratar: *n. pl.* principales, los Valar más importantes. S.
aráto: *n. mas?.* campeón, hombre eminente. S.
arauko: *n.* demonio, criatura terrible y poderosa. WJ.
arda: *n.* región, reino, un lugar con límites más o menos definidos. WJ, AP, S, E.
Arda: *n.* el Mundo. S.
áre: *n.* luz solar, día. En E aparece *are.* AP, S.
arie: *n.* jornada. E.
arin: *n.* mañana. E.
arinya: *adv.* temprano, de madrugada. E.
arka: *adj.* estrecho. E.
arkwen: *n.* noble. WJ.
armar: *n. pl.* bienes, posesiones. E.
arta: *n.* fortaleza, fuerte. E.
arta: *adj.* elevado, exaltado. PM.
artuile: *n.* alborada. E.
-arwa: *suff. prep.* con. *Aldarwa* = con árboles. E.
arwa: *prep.* en posesión de. Acompaña nombres en genitivo. E.
arya: *n.* un día, doce horas. E.
Aryante: *n.* el Sol (lit. dador del día). E.
aryon: *n.* heredero. E.
asar: *n.* fecha señalada, festividad. Viene de *athar.* Palabra de origen valarin. WJ.
asea: *n.* lámina, hoja. Asea aranion RR.
Asea Aranion: *n.* Athelas. RR.
assa: *n.* agujero, perforación, abertura, boca. E.
asta: *n.* mes númenoréano. Astar AP.

astaldo: *n. mas?.* *valiente (sobrenombre de Tulkas). S.
asto: *n.* polvo. E.
ata: *adv.* de nuevo, otra vez. En compuestos *at(a)-*. Probablemente reemplazado por *en-*. E.
atakwe: *n.* construcción, edificio. E.
atalante: *n.* colapso, derrumbamiento. M.
atalantea: *adj.* ruinoso, derrumbado. M.
atalta-, ***pasado*** **ataltane**: *v. d.* derrumbarse, caer. E, SD.
Atan: *n.* Hombre (lit. seguidor). AP, S, WJ.
atar: *n.* padre. S, WJ, PM, E.
atendea: *adj.* bisiesto (lit. doble medio). AP.
atsa-: *v. d.* agarrar. E.
atta: *adj.* dos. C, E.
attalya: *adj.* bípedo. WJ.
Attalya: *n.* Enano mezquino (lit. bípedo). WJ.
atto: *n. mas.* papá. E.
atwa: *adj.* doble. En compuestos *at-*. E, Atendëa AP.
au-: *pref. adv.* hacia lo lejos lejos, alejar, separar (desde el punto de vista del hablante). Véase también *aukiri-*, *hó-* y *hókiri-*. WJ.
aukiri-: *v.* amputar, suprimir una parte (que ya no puede usar). La *i* final podría ser la última vocal de un v. d. o una marca de v. e. f. WJ.
aule: *n.* invención. E.
aure: *n.* luz del sol, día. S.
auresse: *n.* amanecer. M.
auta-: *v. d.* [a] pasar, partir, dejar (desde el punto de vista del pensamiento del hablante). Tiene un pasado arcaico *anwe*, pero normalmente usa *váne* y *avánie* o, en un sentido puramente físico (dejar un lugar), *oante*, *oantie*. WJ, S. [b] inventar. E .
ava: *prep.* fuera de, sin. En compuestos *au-* o *ava-*. E.
ava-: *pref. verbal.* añade el significado de rechazo de otros o prohibición a otros. WJ.
ava-, ***pasado*** **avane**: *v.* rechazar, prohibir, rehusar. Apenas se usa, se prefiere el compuesto *vákwet-* con el mismo significado. WJ.

áva: *part. verbal.* no hacer. Se usa para negar imperativos. Puede llevar pronombres afijos de primera persona: *ávan, avamme.* También *avá.* WJ.
avahaira: *adj.* remoto, lejano. Viene de *avakhaira.* E.
avakwet-, *pasado* ?avakwente: *v. e. f.*? rechazar, prohibir. Quizá substituído por *vákwet-*. E.
avakwétima: *adj.* que no debe ser dicho. WJ.
avanóte: *adj.* innumerable. E.
avanyárima: *adj.* que no debe ser contado. WJ.
Avar: *n.* uno de los Avari (lit. renuente). S, E, CA.
áya: *n.* temor reverencial. PM.

E

ea: *v.* es, sea. CI3, S.
Ea: *n.* la creación. S.
eala: *n.* ser, espíritu no encarnado. MR.
ear: *n.* mar. Según E sólo se aplica a mares interiores. M, RR, C, E.
Earendil: *n.* Venus (planeta). S.
earendur: *n.* marinero profesional. C.
Earenya: *n.* 6.º día de la semana númenóreana dedicado al mar. AP.
earuile: *n.* alga. E.
ehte: *n.* lanza. E.
ehtele: *n.* fuente, manantial. E, S.
ehtyar: *n.* lancero. E.
eket: *n.* espada corta (puñal corto númenóreano de hoja ancha y doble filo de 30-45 cm). CI2.
ekkaira: *adj.* remoto, lejano. E.
ekko: *n.* lanza. E.
ekwe-: *v. pasado.* decir (al narrar un diálogo). Sólo tiene la forma de pasado. Se usa con primera persona: *ekwen,* dije; y tercera: *ekwes,* dijo. WJ.
ekwes, *plural* ekwessi: *n.* afirmación, proverbio, dicho. WJ.

él: *n.* estrella (poético). E, S, WJ.
ela: *intj.* mirad. S, WJ.
Elda: *n.* Elfo (lit. referente a las estrellas). AP, C, WJ.
Eldalie: *n.* el pueblo de los Elfos. S.
eldarin: *n.* élfico (idioma). AP.
Eldo: *n.* Elfo (lit. marchante). Muy arcaico. WJ.
Elemmíre: *n.* Mercurio (planeta). WJ.
elen: *n.* estrella. Plural poético *eldi.* LG, CA.
elena: *adj.* de las estrellas. S.
elenarda: *n.* cielo. E.
elenya: *adj.* estelar, referido a las estrellas. WJ.
Elenya: *n.* 1.º día de las semanas élfica y númenóreana dedicado a las estrellas. AP.
elvea: *adj.* como estrella. M.
elye: *pron.* tú. LG.
en: *pron.* aquél, allí. Como partícula verbal puede que añada en significado de lajanía. E, S.
en-: *adv.* re-, de nuevo. Enquantuva CA, entuluva S.
ende: *n.* medio, centro. E.
endea: *adj.* medio, central. Atendea AP.
endere: *n.* *día medio de los calendarios élfico y númunóreano. AP.
Endor: *n.* Tierra Media. S.
Endóre: *n.* Tierra Media. AP, C.
endya: *adj.* medio. E.
engwa: *adj.* enfermizo. E, S.
Engwa: *n.* Hombre (lit. enfermizo). S.
enkwat-, *pasado?* enkwante: *v. e. d.*? rellenar. En futuro (y quizá pasado) afección nasal. WJ, enquantuva CA.
enkwe: *adj.* seis. E.
enkwie: *n.* semana élfica de seis días. AP.
enta: *adj.* aquel. E.
entul-: *v. e. f.*? *regresar. Entuluva S, entulessë CI2.
entulesse: *n.* retorno. CI2.
envinya-: *v.* *reinstaurar, renovar, curar. Envinyatar RR.
envinyanta: *adj.* renovado. MR.
envinyatar: *n.* reinstaurador. RR.

enwina: *adj.* antiguo. M.
enya: *adj.* medio, central. E.
enyal-: *v. e. d.*? *recordar (lit. re-llamar). Enyalië CI3.
enyalie: *n.* recuerdo. Se trata de un nombre formado de un gerundio. CI3.
ep-: *pref. adv.* después. PM.
epesse: *n.* sobrenombre (lit. nombre posterior). CI2, PM.
er: *adj.* solo, uno. E, S.
erde: *n.* [a] singularidad, persona como un todo. MR. [b] semilla. E.
eresse: *n.* soledad. E.
eressea: *adj.* solitario. S, E.
erka: *n.* espina. E.
erka-: *v. d.* pinchar. E.
erkasse: *n.* acebo. E.
erma: *n.* materia física. MR.
Eru: *n.* el Único. Este nombre se reserva para las ocasiones más solemnes. WJ, CI3, S.
erume: *n.* desierto. E.
erya: *adj.* único. E.
esse: *n.* [a] nombre. CI2, AP, MR. [b] comienzo. Marcada por Tolkien con un interrogante. E.
essea: *adj.* *primario, principal. Marcada por Tolkien con un interrogante. E.
essekarme: *n.* ceremonia de otorgación del nombre paterno al niño elfo (lit. hechura del nombre). MR.
essekilme: *n.* ceremonia de elección de nombre propio por un Elfo (lit. elección del nombre). MR.
esta: *adj.* primero (de preceder). Marcada por Tolkien con un interrogante. E.
esta-: *v. d.* nombrar. E.
este: *n.* descanso. E, S.
estel: *n.* esperanza. MR.
et: *prep.* fuera de. RR.
etsir: *n.* desembocadura de un rio. E.
ette: *adv.* fuera. En compuestos *et-*. E.

ettele: *n.* tierras exteriores. E.
ettelen: *adj.* *extranjero. E.

F

faika: *adj.* despreciable. E.
faila: *adj.* justo, generoso, noble. PM.
faina-: *v.* alumbrar. E.
faire: *n.* [a] espíritu incorpóreo (visto como una sombra pálida), fantasma. M, NR. [b] resplandor. E. [c] muerte natural (como acto). E.
falasse: *n.* [a] costa. S. [b] playa. E.
falasta-: *v.* espumear. M.
falle: *n.* espuma. E.
falma: *n.* ola (con espuma). E, Falmalinnar LG.
falmar, *plural* falmarindi: *n.* ninfa, espíritu del mar. E.
falmarin *plural* falmarindi: *n.* ninfa, espíritu del mar. E.
fana: *n.* figura o encarnación de los Valar. R.
fána: *n.* nube (blanca). E.
fána: *adj.* blanco. En el mismo texto aparece también *fáne*, pero probablemente sea un error. M.
fanga: *n.* barba. E, PM.
fanya: *n.* nube (blanca). LG, E.
fanyare: *n.* cielo (la parte superior de aire y nubes). M.
fáre: *n.* suficiencia, plenitud. E.
farea: *adj.* bastante, suficiente. E.
farna: *n.* mástil, hayuco. E.
farne: *n.* *morada. Orofarne C.
farya-, pasado farne: *v. d.* bastar. E.
fasse: *n.* cabello enredado. E.
fasta-: *v. d.* enredar. E.
fauka: *adj.* boquiabierto, sediento. E.
fea: *n.* espíritu, alma. S, MR.
fealóke: *n.* dragón resplandeciente. E.
felya: *n.* cueva. E.
fenda: *n.* umbral. E.

feren, ***plural*** **ferni**: *n.* haya. E.
ferinya: *adj.* hecho de madera de haya. E.
ferne: *n.* haya. E.
feuya-: *v. d.* aborrecer. E.
fifíru-: *v. d.* desvanecerse lentamente. M.
filit, ***plural*** **filiki**: *n.* pajarito. E.
finda: *adj.* peludo, que tiene pelo. PM.
finde: *n.* mechón, trenza. E, PM.
findesse: *n.* cabellera. PM.
fine: *n.* [a] un pelo, un cabello (sólo uno). PM. [b] alerce (árbol). E.
fion, ***plural*** **fioni, fiondi**: *n.* ?halcón, ?prisa. El original de Tolkien es muy confuso y Christopher propone estas dos posibles lecturas. E.
fir-: *v. e. d.* morir, marchitarse. M.
fire: *n.* hombre mortal. E.
fíre-: *v.* expirar. La e final podría ser la última vocal de un v. d. o una marca de v. e. f. MR.
fírima: *adj.* mortal (lit. apto para morir). WJ, E.
Fírima: *n.* Hombre (lit. mortal). S, WJ.
firin: *adj.* muerto (por causa natural). E.
firya: *adj.* humano, mortal. E, WJ.
Firya: *n.* Hombre (lit. mortal). WJ.
formaite: *adj.* diestro (que usa la mano derecha). E.
Formen: *n.* norte. En compuestos *for(o)-*. E, S, AP, forostar CI2.
formenya: *adj.* norteño, septentrional. E.
forte: *n.* derecha, norte. E.
forya: *adj.* derecha. E.
Fui: *n.* la noche (personificada). E.
fuine: *n.* sombra profunda. E.

H

hahta: *n.* montón, pila. Viene de *kh-*. E.
haime: *n.* costumbre. Viene de *kh-*. E.
haira: *adj.* remoto, lejano. Viene de *kh-*. E.

haka-: *v. d.* abrir. Hákala M.
hala: *n.* pececillo. E.
halatir: *n.* vigilancia, guardia. Declinación según *halatirn-* ?. E.
halatir(no): *n.* martín pescador. E.
halda: *adj.* velado, oculto, en sombra. E.
halla: *adj.* alto. AP.
halya-: *v. d.* velar, ocultar, tapar de la luz. E.
ham-: *v. e d.* sentarse. Probablemente substituído por *har-* (q. v.). E.
handa: *adj.* inteligente. Viene de *kh-*. E.
handasse: *n.* inteligencia. Viene de *kh-*. E.
hande: *n.* conocimiento, comprensión. Viene de *kh-*. E.
handele: *n.* intelecto. Viene de *kh-*. E.
hantale: *n.* *acción de gracias. Eruhantalë CI2.
hanu: *n. mas.* hombre, macho (un hombre, elfo o animal de sexo masculino). E.
hanuvoite: *adj.* ?masculino. E.
hanwa: *adj.* ?masculino. E.
hanya-: *v. d.* entender, saber sobre, ser capaz de tratar con. Viene de *kh-*. E.
har-: *v. e. d.* sentarse. Hárar CI3.
haran, *plural* harni: *n.* señor, caudillo. Probablemente substituído por *aran*. E.
haranye: *n.* siglo númenoréano. AP.
harma: *n.* [a] cosa atesorada. E [b] tesoro. Viene de *kh-*. AP, E.
harna: *adj.* herido. E.
harna-: *v. d.* herir. E.
harwe: *n.* [a] herida. E. [b] tesoro, tesorería. E.
harya-: *v. d.* poseer. E.
haryon: *n.* heredero, príncipe. E.
hasteina: *adj.* maculado, estropeado. MR.
hat-, *pasado* hante: *v. e .d.* romper por la mitad. E.
hauta-: *v. d.* parar, descansar, hacer una pausa. Viene de *kh-*. E.
háya: *adv.* lejos. Viene de *kh-*. E.

hehta-, *pasado* hehtane: *v. d.* apartar, excluir, abandonar, olvidar. WJ.

heka: *intj.* fuera, aparta. Puede llevar los pronombres afijos reducidos de segunda persona singular, *hekat,* o plural, *hekal.* WJ.

hekil(de): *n.* hombre perdido o abandonado por sus compañeros, exiliado, proscrito. WJ.

hekile: *n. fem.* mujer perdida o abandonada por sus compañeros, exiliada, proscrita. WJ.

hekilo: *n. mas.* hombre perdido o abandonado por sus compañeros, exiliado, proscrito. WJ.

hekwa: *prep.* fuera de, excepto. WJ.

helda: *adj.* desnudo. E.

helka: *adj.* helado. Viene de *kh-*. S, E.

helke: *n.* hielo. Viene de *kh-*. E.

helkelimbe: *n.* ?granizo. Viene de *kh-*. E.

helle: *n.* cielo. E.

helma: *n.* piel. E.

helwa: *adj.* azul celeste. E.

helyanwe: *n.* arcoiris. E.

hen, *plural* hendi: *n.* ojo. Viene de *kh-*. E, SD.

hendumaika: *adj.* perspicaz. Viene de *kh-*. WJ.

henulka: *adj.* de ojo maligno. Viene de *kh-*. DT, SD.

hér: *n.* señor, maestro. Viene de *kh-*. C.

héra: *n.* jefe. Viene de *kh-*. E.

heren: *n.* [a] fortuna, gobierno, lo que hay que guardar para uno y lo que uno tiene guardado. Viene de *kh-*. E. [b] orden, cofradía. Heren Istarion CI4.

herenya: *adj.* afortunado, rico. Viene de *kh-*. E.

heri: *n.* dama, señora. Viene de *kh-*. E.

heru: *n.* señor, amo. En compuestos *-her.* Viene de *kh-*. S, C, PM, E.

hil, *plural* hildi: *n.* *seguidor. La forma en singular no se conoce, también podría ser *hilde.* Hildinyar RR, hildi S.

Hildo: *n.* Hombre, (lit. seguidor). S, WJ.

hilya-: *v. d.* seguir. E.

himba: *adj.* adherente. Viene de *kh-*. E.
himya-: *v. d.* adherir, pegar a. Viene de *kh-*. E.
hín: *n.* *hijo. Sólo se usa para hijos de Iluvatar o, como sufijo, detrás del padre. Viene de *kh-*. WJ, Eruhíni S.
hína: *n.* hijo. Viene de *kh-*. WJ.
hina: *n.* hijo. Sólo se usa en vocativos, especialmente en *hinya*. Viene de *kh-*. WJ.
hinya: *voc.* hijo mio. Viene de *kh-*. WJ.
hir-: *v. e. d.*? *encontrar (llegar a). Hiruvalye LG.
hire: *n.* *descubridor. Hirilondë CI2.
hísie: *n.* neblina. En compuestos *híse-*. En E aparece *híse*. Viene de *kh-*. LG, S.
Hísime: *n.* 11.° mes de los calendarios númenóreano y de los senescales, 8.° mes del calendario revisado (aproximadamente noviembre). Viene de *kh-*. Hísimë AP.
hiswa: *adj.* gris. Viene de *kh-*. E.
hiswe: *n.* niebla. Viene de *kh-*. E.
hlápu-: *v. d.* flotar en el viento. M.
hlar-: *v. e. d.*? *escuchar. Hlaruva M.
hlóke: *n.* víbora, serpiente. S.
hlone: *n.* *sonido, fonema. Sólo tenemos la forma de plural, también podría ser *hlon*. WJ.
hloníte: *adj.* *fonético. Sólo tenemos la forma de plural, por lo que el singular no es del todo seguro. WJ.
ho: *prep.* desde. E.
hó: *pref. verbal.* indica movimiento desde un lugar, con el punto de vista fuera del lugar, cosa o grupo en que se piensa. Vésa también *hókiri-*, *au-* y *aukiri-*.
hókiri-: *v.* cortar (una parte de algo para utilizarlo). La *i* final podría ser la última vocal de un v. d. o una marca de v. e. f. WJ.
holme: *n.* olor. E.
hón: *n.* corazón (el órgano físico). Viene de *kh-*. E.
honda: *adj.* *con corazón. Viene de *kh-*. Sincahonda DT, SD.
hópa: *n.* puerto, perqueña bahía casi sin acceso al mar. Viene de *kh-*. E.

hopasse: *n.* refugio. Viene de *kh-*. E.
hóre: *n.* impulso. Viene de *kh-*. E.
hórea: *adj.* impulsivo. Viene de *kh-*. Según E debería ser impulsión pero tiene forma de adjetivo. E.
horme: *n.* urgencia. Viene de *kh-*. E.
horta-: *v. d.* enviar velozmente, ir rápidamente. Viene de *kh-*. E.
hortale: *n.* velocidad, rapidez. Viene de *kh-*. E.
hosta: *n.* [a] gran número. Viene de *kh-*. E. [b] ?gruesa. La misma raíz significa 144 en sindarin. Viene de *kh-*. E.
hosta-: *v. d.* [a] reunir, juntar, acumular. Viene de *kh-*. M, E. [b] disputar. E.
hótuli-: *v.* salir, dejar un sitio o grupo para unise a otro. La *i* final podría ser la última vocal de un v. d. o una marca de v. e. f. WJ.
hrave: *n.* carne. MR.
hravin: *adj.* *salvaje. Hravini. WJ.
hresta: *n.* playa. M
hríve: *n.* [a] invierno. AP. [b] 5.º mes del calendario de Imladris. AP.
hroa: *n.* cuerpo (opuesto a mente). MR.
hróta: *n.* cueva artificial, morada bajo tierra. PM.
huan: *n.* perro de caza. Declinación según *hún-?*. Viene de *kh-*. E.
Hui: *n.* la noche (personificada). E.
huine: *n.* tinieblas, obscuridad. En E sombra profunda. S, E.
huo: *n.* perro. Viene de *kh-*. E.
huore: *n.* coraje. E.
hwan, *plural* hwandi: *n.* esponja, hongo. E.
hwarin: *adj.* torcido. E.
hwarma: *n.* travesaño. E.
hwerme: *n.* código de gestos. WJ.
hwesta: *n.* aliento, brisa, ráfaga de aire. E, AP.
hwesta-: *v. d.* soplar. E.
hwinde: *n.* remolino. E.
hwinya-: *v. d.* arremolinarse, girar. E.

hyalma: *n.* concha. E.
hyando: *n.* «hendidor», espada. E, Sangahyando AP, C.
hyapat: *n.* orilla. E.
hyar-: *v. e. f.* *hendir, partir. E.
hyarmaite: *adj.* zurdo. E.
Hyarmen: *n.* sur. AP.
hyarmenya: *adj.* sureño. E.
hyarya: *adj.* izquierda. E.
hyatse: *n.* grieta, tajo, corte. E.
hyelle: *n.* cristal. E.
hyóla: *n.* trompeta. SD.

I

i: *art.* el, la, los, las. LG, WJ, CI3, E.
i: *pron.* el/la/los/las que. CI3.
-ie: *suf. verbal.* infinitivo o gerundio. CI3.
-iel: *n.* amigo. E.
-iel: *n. fem.* mujer. Fíriel TB, Undómiel CA.
il-: *adv.* no. E.
ilfirin: *adj.* inmortal. E.
ilka-: *v. d.* relucir, brillar (blanco). M.
ilkwa: *n.* todo. E.
ilkwen: *pron.* todo el mundo. WJ.
ilma: *n.* luz de estrellas. E.
Ilmen: *n.* la región encima del aire donde están las estrellas. S.
ilu: *n.* totalidad, universo. E.
ilúve: *n.* totalidad, universo. S, E.
ilya: *adj.* todo. Ilye CI3, LG.
ilya: *n.* todo, la totalidad. E.
Imbar: *n.* el mundo, la parte principal de Arda (lit. morada). MR.
imbe: *prep.* entre. LG.
indil: *n.* azucena, una flor grande y simple. Palabra de origen valarin. WJ, E.

indis: *n. fem.* esposa. CI1, E.
indo: *n.* [a] corazón, temple. E. [b] mente. MR.
indyo: *n.* nieto, descendiente. E.
inga: *adj.* primero, el más destacado. E
inga: *n.* cima, el punto más elevado. PM.
ingaran: *n.* rey supremo. PM.
ingóle: *n.* ciencia, sabiduría, conocimiento profundo, magia (poético). PM, WJ, E.
ingólemo: *n.* alguien muy sabio. PM.
ingolmo: *n.* sabio. WJ.
ingor: *n.* cima de montaña. PM.
inimeite: *adj.* femenino. E.
-inkwa: *suf. adj.* lleno de. WJ.
intya: *n.* suposición, idea. E.
intya-: *v. d.* suponer. E.
intyale: *n.* imaginación. E.
inwiste: *n.* disposición de la mente, habilidad innata. MR.
inya: *adj.* femenino. E.
-ion: *n. mas?.* hijo de. E.
íre: *n.* deseo. E.
írima: *adj.* deseable. E.
irmo: *n.* *anhelante. S.
Isil: *n.* la luna. Viene de *Ithil.* AP, S, E.
isilme: *n.* luz de luna. Probablemente viene de *ithilme.* M.
Isilya: *n.* 3.º día de las semanas élfica y númenóreana dedicado a la luna. Viene de *Ithilya.* AP.
-isse: *suf. fem.* se utiliza para formar nombres. PM.
ista: *n.* conocimiento. E.
ista-, *pasado* sinte: *v. d.* saber. E.
istar: *n.* sabio, mago. AP.
istima: *adj.* culto, erudito, sabio. E.
istya: *n.* conocimiento. E.
istyar: *n.* erudito, estudioso. E.
ita-: *v. d.* chispear. S, PM.
íta: *n.* destello. PM.
itata: *adj.* centelleante. PM.

K

kaila: *n.* enfermedad. E.
kaima: *n.* cama. E.
kaimasan, *plural* kaimasambi: *n.* dormitorio. E.
kaimasse: *n.* enfermo, postrado en cama. E.
kaimassea: *adj.* enfermo. E.
kainen: *adj.* diez. E.
kaita-: *v. d.* *yacer. LG.
kále: *n.* luz. En compuestos *kal(a)-*. En E kala. M, E, Calacirya R.
kalima: *adj.* brillante. DT, C.
kalina: *adj.* claro. E.
kalina: *n.* luz. MR.
kallo: *n.* hombre noble, héroe. E.
kalma: *n.* lámpara. E, AP.
kalpa: *n.* recipiente para agua. E.
kalpa-: *v. d.* achicar, sacar agua de. E.
kalta-: *v. d.* brillar. E.
kalya-: *v. d.* iluminar. Quizá *kal(a)-*. E, caluva CI1.
kambe: *n.* cuenco de la mano. A veces substituye a *má*. E.
káne: *n.* valor. E.
káno: *n.* gobernador, comandante, jefe, título de un jefe menor que representa a uno mayor. PM, S, CI4.
kanta: *adj.* [a] cuatro. En compuestos *kan-*. E. [b] modelado (que tiene forma). Se usa también como sufijo: lassekanta. E.
kanta-: *v. d.* modelar. E.
kanwa: *n.* anuncio, orden. PM.
kanya: *adj.* valiente. E.
kar: *n.* construcción, casa. Declinación según *kard-*. E.
kár: *n.* cabeza. Declinación según *kas-*. E.
kar-, *pasado* karne: *v. e. f.* construir, hacer. El participio pasado quizá sea *karna*, MR. Karin E, kare WJ.
karakse: *n.* empalizada, cerca con pinchos. E.
karka: *n.* colmillo, diente. Poéticamente roca afilada. S, karkar M.

karkane: *n.* fila de dientes. E.
karma: *n.* yelmo númenóreano. CI2.
Karme: *n.* arte. CI4.
karme: *n.* obra, creación. MR.
karna: *adj.* hecho. MR.
karne: *adj.* rojo. S, E, Carnimírie C.
Karnil: *n.* Marte (planeta). S, MR.
Kasallie: *n.* pueblo de los Enanos. WJ.
Kasar, ***plural*** **Kasari** ***o*** **Kasári**: *n.* Enano. WJ.
kassa: *n.* yelmo. E.
kel-: *v. e. d.?* [a] fluir, manar (agua). S [b] partir, salir. S.
kelma: *n.* canal (de agua). E.
kelume: *n.* corriente, arroyo, flujo. M, E.
kelusse: *n.* torrente. CI4.
kelvar: *n. pl.* criaturas vivientes que se desplazan, animales. No se sabe si existe en singular. S.
kemen: *n.* tierra (opuesto a cielo), suelo. S, E, MR.
kemina: *adj.* de tierra. E.
kemnaro: *n.* alfarero. E.
kén: *n.* suelo. Declinación según *kem-*. E.
ken: *n.* *vista. terken MR.
ken-: *v. e. d.* ver, contemplar. M.
kenta: *n.* comunicación. Ósanwe-kwenta MR.
kentano: *n.* alfarero. E.
Kermie: *n.* 7.º mes de los calendarios númenóreano y de los senescales, 4.º mes del calendario revisado (aproximadamente julio). AP.
Kerta: *n.* runa. Certar AP.
kilme: *n.* *elección. Essecilmë MR, PM.
kilya: *n.* grieta, garganta. Quizá una variante de *kirya* [a]. MR.
kir-: *v. e. d.?* *cortar, clavar. S.
kira-: *v. d.* *navegar. Kíra M.
kirinke: *n.* cierto pájaro de Númenóre. CI2.
kirisse: *n.* tajo, cuchillada. E.
kirka: *n.* hoz. Valacirca S.
kirya: *n.* [a] paso, desfiladero. A veces *kilya.* Calacirya

LG, S. [b] barco. En S aparece *kírya,* pero probablemente sea un error. M, E, Ciryaher AP.
kiryakwen: *n.* marinero. WJ.
kiryamo: *n.* *marinero. CI1.
koa: *n.* *casa. Koakalina MR, koarya WJ.
koimas: *n.* lembas (lit. pan de vida). S, PM.
koire: *n.* [a] movimiento. AP. [b] 6.º mes del calendario de Imladris. AP.
koirea: *adj.* viviente. PM.
kolindo: *n.* portador. Cormacolindor RR.
kolla: *n.* vestimenta, capa. MR, Sindacollo S.
koranar: *n.* año solar (lit. ronda del sol). AP.
korin: *n.* recinto circular. E.
korko: *n.* cuervo. E.
korma: *n.* anillo. Cormacolindor RR.
kormare: *n.* día festivo de los años bisiestos del calendario revisado. AP.
korna: *adj.* redondo, esférico. E.
koromindo: *n.* cúpula, bóveda. E.
koron: *n.* [a] montículo. S [b] globo, pelota. Declinación según *korn-*. E. Es posible que [a] y [b] sean la misma palabra.
kosta-: *v. d.* pelear. E.
kotimo: *n.* enemigo. E.
kotya: *adj.* hostil. E.
kú: *n.* arco. E.
ku(a): *n.* paloma. E.
kuile: *n.* vida, ser vivo. E.
kuina: *adj.* vivo. E.
kuive: *n.* despertar. E.
kuivea: *adj.* «despertante», que despierta. E.
kuivie: *n.* despertar. E, S.
kulda: *adj.* del color de las llamas, rojo dorado. E.
kulina: *adj.* del color de las llamas, rojo dorado. E.
kullo: *n.* oro rojo (poético). E.
kuluina: *adj.* naranja. E.
kuluma: *n.* naranja. E.

kulumalda: *n.* naranjo. S.
Kúma: *n.* el vacío. E.
kumba: *n.* *vientre. Saurikumba DT, SD.
kumbe: *n.* montículo, pila. E.
kumna: *adj.* vacío. E.
kúna-: *v. d.* curvar, doblar. M.
kúna: *adj.* doblado, curvo. M.
kundu: *n.* príncipe. E.
kuru: *n.* habilidad. S.
kurumo: *n.* talentoso, mago. E.
kurwe: *n.* oficio, arte, habilidad. E, PM.
kwáko: *n.* cuervo. WJ.
kwalin: *adj.* muerto. E.
kwalme: *n.* agonía, muerte. E.
kwáme: *n.* enfermedad. E.
kwanta: *adj.* lleno. E, PM.
Kwantare: *n.* Día de Plenitud, el último día del año. PM.
kwantien, *plural* kwantiéni: *n.* último día del año. PM, E.
kwár: *n.* puño. Se usa más referido a la mano cerrada, como cuando se sujeta un objeto o herramienta, que al puño cerrado sin más. En E y S aparece *kwárë*. PM.
kwat-, *pasado?* kwante: *v. e. d.?* llenar. En futuro (y quizá pasado) afección nasal: kwantuva. WJ, enquantuva CA.
kwelet, *plural* kweletsi: *n.* cadáver. E.
kwelie: *n.* *mengua. Narqueliё AP.
kwelle: *n.* [a] marchitamiento. AP. [b] 4.º mes del calendario de Imladris. AP.
kwén, *plural* kweni: *n.* persona, individuo, hombre o mujer. WJ.
kwen: *pron.* alguien. En plural ellos, la gente. En compuestos *-kwen*. WJ.
Kwende: *n.* Elfo. AP.
Kwendelie: *n.* pueblo de lo Elfos. E.
kwenderin: *adj.* referido a los Elfos en su conjunto. WJ.
kwendi, *plural* kwendir: *n. fem.* elfa. MR.

kwendu, ***plural*** **kwendur**: *n. masc.* elfo. MR.
kwenta: *n.* historia. S.
kwentale: *n.* relato, historia. E.
kwentaro: *n.* narrador. E.
kwenya: *n.* idioma de los Elfos. S, AP, WJ, E.
kwer-: *v. e. d.*? *?girar. Nukwerna AP.
kwerna: *adj.* *girado. Nukwerna AP.
kwesse: *n.* pluma. AP, E.
kwesset: *n.* almohada. E.
kwet-, ***pasado*** **kwente**: *v. e. f.*? hablar, decir. S, PM, vákwentin WJ.
kwetil: *n.* idioma. E.
kwetta: *n.* palabra. S, WJ.
kwinga: *n.* arco (como arma). E, quingatelco DT, SD.
kyerme: *n.* *plegaria. Erukyermë CI2.

L

lá: *adv.* no, por el contrario. Quizá abandonado, véase *lala-*. E.
laika: *adj.* verde. En E *laikwa*. C.
laike: *n.* agudeza, perspicacia. E.
laike: *adj.* agudo (como inteligente y como afilado). E.
laime: *n.* sombra. Viene de DAY. E.
laira: *adj.* sombrío. Viene de DAY. E.
laire: *n.* [a] verano. AP. [b] 2.º mes del calendario de Imladris. AP. [c] poema. E.
lairelosse: *n.* cierto árbol de Númenóre. CI2.
laita-: *v. d.* *alabar. Laita RR, laituvalmet RR.
laitale: *n.* alabanza. Erulaitalë CI2.
laive: *n.* ungüento. E.
laiwa: *adj.* enfermo. E.
lala: *adv.* no, por el contrario. Quizá abandonado, véase *lala-*. E.
lala-: *v. d.* [a] reír. PM. [b] negar. Quizá abandonado. E.
lalme: *n.* olmo. E.

láma: *n.* eco, sonido resonante. E, MR.
laman, *plural* lamani, lamni: *n.* animal, normalmente de cuatro patas (nunca reptiles o pájaros). WJ.
lámatyáve: *n.* gusto por la forma y la sonoridad de las palabras. MR.
lamba: *n.* lengua (el órgano físico). WJ.
lambe: *n.* lengua (idioma). AP.
lámina: *adj.* resonante. E.
lamma: *n.* sonido. E.
lamya-: *v. d.* sonar. E.
lanat: *n.* trama textil. E.
landa: *adj.* amplio. E.
lango: *n.* [a] espada ancha. E. [b] proa de un barco. E.
lanko: *n.* garganta (del cuello). E.
lanne: *n.* tejido, tela. E.
lanta: *n.* caída. Viene de DANT. E, lasselanta R, noldolante S.
lanta-, *pasado* lantane: *v. d.* caer. Viene de DANT. SD, Lantalasse M, lantar CA.
lanwa: *n.* telar. E.
lanya-: *v. d.* tejer. E.
lapsa-: *v. d.* lamer (frecuentativo). E.
lapse: *n.* bebé. E.
lár: *n.* *oreja. E.
lár: *n.* legua, 5000 rangar (lit. detención, pausa). Medida de longitud númenóreana equivalente a 4826 metros. CI3.
lára: *adj.* llano. Viene de DAL. E.
larka: *adj.* rápido. E.
lasse: *n.* hoja. C, E, lassi LG, lasselanta R.
lassea: *adj.* con hojas. Lillassëa M.
lassekanta: *adj.* con forma de hoja. E.
lasselanta: *n.* otoño (lit. caída de hojas). LG, AP.
lasta: *n.* audición. E.
lasta-: *v.* d. escuchar. E.
latin(a): *adj.* abierto (espacio). E.
latta: *n.* [a] agujero, hoyo. Viene de DAT. E. [b] correa. E.

lau: *adv. pas.* no, por el contrario. Se trata de una negación en pasado (incluye el tiempo pasado *ume)*. Quizá abandonado, véase *lala-*. E.
lauka: *adj.* cálido (agradable). E.
laume: *adv. pas.* no, por el contrario. Se trata de una negación en pasado (incluye el tiempo pasado *ume)*. Quizá abandonado, véase *lala-*. E.
laure: *n.* oro, pero no como metal. Se aplica a cosas doradas: la luz del sol...). En compuestos *lor-*. LG, C, S.
laurea: *adj.* dorado. LG.
laurinkwe: *n.* cierto árbol de Númenóre. CI2.
lav-: *v. e. d.* apoyar, permitir, garantizar. Viene de DAV. E.
lav-, *pasado* láve: *v. e .f.* lamer. E, unduláve CA.
lehta-: *v. d.* soltar, aflojar. E.
lelya-, *pasado* lende: *v. d.* ir, viajar (en cualquier dirección). WJ.
lemba: *adj.* dejado atrás. E.
lemnar: *n.* semana (valinoreana de cinco días). E.
lempe: *adj.* cinco. E.
lende: *adj.* ido. E.
lende: v. véase *lelya-* y *linna-*.
leo: *n.* sombra de un objeto. Viene de DAY. E.
lepse: *n.* dedo. E.
lepta: *adj.* ?de dedos. DT, SD.
lesta: *n.* medida, duración. Lestanorë WJ.
leuka: *n.* serpiente. AP.
leuka-: *v. d.* soltar, aflojar. E.
lia: *n.* filamento, hilo de araña. E.
liante: *n.* araña. E.
lie: *n.* pueblo, gente. Sufijo para plural genérico -lie. E, S.
líko: *n.* cera. M.
líkuma: *n.* cirio. M.
lillassea: *adj.* frondoso, con muchas hojas. Lillassëa M
lilómea: *adj.* muy sombrío. RR.
lilta-: *v. d.* bailar. E.
limba: *n.* gota. E.

limpe: *n.* vino, la bebida de los Valar. E.
li(n)-: *pref. adv. o adj.* sufijo aumentativo, muy, muchos. E, Lilomëa = plurisombrío RR.
lin-: *v. e. d?.* *cantar. E.
linda: *adj.* hermoso, melodioso. E.
linde: *n.* canción, sonido musical, melodía. E, C, S, Lindelorendor RR.
lindele: *n.* música. E.
lindo: *n.* cantante, pájaro (que canta). E.
lindornea: *adj.* con muchos robles. E.
líne: *n.* telaraña. E.
linga-: *v. d.* colgar, pender. E.
lingwe: *n.* pez, pescado. E.
lingwilóke: *n.* dragón acuático, serpiente marina. E.
linkwe: *adj.* mojado. E.
linna-, *pasado* lende: *v.* ir. Probablemente abandonado por *lelya-*. E.
linta: *adj.* rápido. Linte LG.
lintyulussea: *adj.* con muchos álamos. E.
linya: *n.* laguna. E.
linyenwa: *adj.* viejo. E.
lipsa: *n.* jabón. E.
lir-: *v. e. f.* cantar. E.
líre: *n.* [a] hilera. E. [b] *canción. Lírinen LR.
lirulin: *n.* alondra. MR.
lis: *n.* miel. Declinación según *liss-*. E.
lisse: *adj.* dulce. LG.
lissuin: *n.* cierta flor de Númenóre. CI2.
litse: *n.* arena. E.
líve: *n.* enfermedad. E.
ló: *n.* noche, una noche. Viene de DOz. E.
loa: *n.* año solar cuando se consideran los cambios estacionales (lit. crecimiento). AP, MR.
loende: *n.* día medio del año númenoréano. AP.
loiko: *n.* cadaver. M.
loikolíkuma: *n.* ?fuego fátuo. M.
lóke: *n.* dragón. E.

lokse: *n.* pelo, cabello. E.
lóme: *n.* la noche, noche (en oposición al día), sombra nocturna. Viene de DOz. E, S, M.
lómea: *adj.* sombrío. Viene de DOz. Taurelilómëa DT.
lómelinde: *n.* ruiseñor. Viene de DOz. S, MR, E.
lóna: *n.* isla, tierra difícil de alcanzar. E.
lóna: *adj.* obscuro. Viene de DOz. E.
londe: *n.* [a] puerto (encerrado por tierra). S. [b] entrada al puerto. E.
lóre: *n.* sueño (ganas de dormir). En compuestos *lor-*. E, C, Lindelorendor RR.
lorna: *adj.* dormido. E.
losse: *adj.* blanco (de nieve). Oiolossëo LG.
losse: *n.* [a] capullo (por influencia de [b] sólo se emplea en flores blancas). E [b] nieve (caída). LG, S.
lóte: *n.* flor (grande y aislada). E, S, lótessë AP.
Lótesse: *n.* 5.° mes de los calendarios númenóreano y de los senescales, 2.° mes del calendario revisado (aproximadamente mayo). AP.
lú: *n.* vez, ocasión. E.
luhta-: *v. d.* encantar, hechizar. E
luine: *adj.* *azul. Sólo conocemos la forma en plural, por lo que también es posible *luin*. A pesar de lo que dice Christopher en S, quizá aparezca en *Mindolluin*. Luini LG.
luine: *n.* río (poco usado). TC.
lúke: *n.* encantamiento. E.
Lumbar: *n.* Saturno (planeta). MR.
lumbe: *n.* tinieblas, sombra. E.
lumbo: *n.* nube (obscura). Lumbor M
lumbule: *n.* sombra profunda. CA.
lúme: *n.* [a] tiempo, hora. E, lumenn' CA. [b] obscuridad. Parece una errata por *lóme*. M.
lúmekwenta: *n.* relato cronológico. E.
lúmekwentale: *n.* historia. E.
lúmekwentalea: *adj.* histórico. E.
lumenyáre: *n.* historia. E.

lumna: *adj.* opresivo, ominoso, pesado, cargante. Viene de DUB. E.
lumna-: *v.* abrumar, pesar en el ánimo. Viene de DUB. E.
lúne: *adj.* azul. E.
lunga: *adj.* pesado. E.
lunte: *n.* barco. E
lussa-: *v. d.* susurrar. E.
lusse: *n.* susurro. E.
lusta: *adj.* vacío. E.
lúva: *n.* arco (de una letra). AP.

M

má: *n.* mano. Declinación segun *mar-*. E, máryat LG.
mahalma: *n.* trono. Viene de *makhalma.* Palabra de origen Valarin. CI3, MR.
mahta-: *v. d.* [a] manejar. E. [b] llevar un arma, luchar. E.
mahtar: *n.* guerrero. E.
Maia: *n.* uno de los Maiar (lit. bello). S.
maika: *adj.* agudo, penetrante. S, WJ.
maile: *n.* lujuria. E.
mailea: *adj.* lujurioso. E.
maite, *plural* maisi: *adj.* diestro, hábil. E, morimaite RR.
maiwe: *n.* gaviota. E, Maiwi M.
makar: *n.* [a] comerciante. E. [b] espadachín. Menelmacar CA.
makil: *n.* espada. E, menelmakil WJ.
maksa: *adj.* maleable. E.
makse: *n.* masa. E.
makwet-: *v. e. d.?* preguntar. PM.
malda: *n.* oro (como metal). Probablemente substituído por *malta.* E.
malina: *adj.* amarillo, dorado. En compuestos *mal-*. S, C, E Ornemalin DT.
malinorne: *n.* mallorn. CI2.
malle: *n.* calle. E, Tinwe-mallë MR.

malo: *n.* polen, polvo amarillo. E.
málo: *n.* amigo. E.
malta: *n.* oro. AP.
malwa: *adj.* color tierra, pálido. E.
máma: *n.* oveja. WJ.
mamil: *n. fem.* ?madre. CI2.
man: *pron.* quién, qué. LG, M, PM.
mana: *pron.* + *v.*? quién/qué es. PM.
manar: *n.* destino final, hado. E.
mande: *n.* destino final, hado. E.
mando: *n.* [a] prisión, cautividad. S. [b] custodia. MR.
manen: *pron.* cómo. PM.
manka-: *v. d.* comerciar. E.
mankale: *n.* comercio. E.
manu: *n.* espíritu que ha partido. E.
mapa-: *n. d.* atrapar. E.
már: *n.* hogar, morada (de personas o pueblos). En compuestos *-mar.* E, S, Eldamar S, Valimar R.
mar-: *v. e. d.* establecerse, morar. CI3, Maruvan RR.
mára: *adj.* útil. E.
maranwe: *n.* destino. E.
marde: *n.* *sala. No sabemos la forma en singular, también podría ser *mar* o incluso *már.* Oromardi LG.
markirya: *n.* arca. M.
marta: *adj.* destinado. E.
martya-: *v. d.* destinar. E.
marya: *adj.* pálido. E.
massánie: *n. fem.* dama (lit. dadora de pan). Título que se daba a las más altas mujeres elfas, por ser ellas las que poseían y otorgaban las lembas. PM.
masta: *n.* pan. E, PM.
masta-: *v. d.* hornear. E.
mat-: *v. e. d.* comer. E.
maure: *n.* necesidad. E.
mausta: *n.* obligación. E.
mauya-: *v. d.* obligar. E.
me: *pron. acus.* nos, nosotros. Met LG.

mel-: *v. e. f.* querer (como un amigo). E, S, C.
melda: *adj.* querido, amado. E.
meldo: *n.* amigo. WJ.
meletya: *adj.* poderoso. WJ.
melima: *adj.* adorable. E.
melindo: *n. mas.* amante. E.
melisse: *n. fem.* amante. E.
melme: *n.* amor. E.
men: *n.* lugar, camino, dirección. E, R, S, Hyarmen S, menel R.
ména: *n.* región. En compuestos *-men* (véase los puntos cardinales). E, Hyarmen AP.
menel: *n.* cielo, firmamento (lit. región de las estrellas). Se aplica a la cúpula aparente formada por las estrellas. R, M, MR.
meneldil: *n.* astrónomo. C.
Menelmakar: *n.* Orión (lit. espadachín del cielo). S, CA.
Menelya: *n.* 5.° día de las semanas élfica y númenóreana dedicado al cielo. AP.
mente: *n.* final, término. E.
mere-, *pasado* merne: *v.* desear. La e final puede ser la última vocal de un v. d. o una marca de v. e. f. E.
meren(de): *n.* fiesta. Declinado según *merend-*. E.
merka: *adj.* salvaje. E
merya: *adj.* festivo. E.
meryale: *n.* festividad. E.
métima: *adj.* último, final. M.
metta: *n.* fin, final. RR, mettare AP.
mettare: *n.* último día del año. AP.
metya-: *v. d.* acabar. E.
mi: *prep.* en, dentro de. CI3, E.
mí: *prep. + art.?* en el, dentro del. LG.
miha: *adj.* afilado. Viene de *mikha.* WJ.
miksa: *adj.* mojado. E.
milka: *adj.* ávido. E.
milme: *n.* deseo, gula. .E
milya-: *v. d.* anhelar. E.

minda: *adj.* prominente. E.
mindo: *n.* torre aislada. E.
mindon: *n.* torre alta, torre noble. S, mindoninnar M.
mine: *adj.* uno. E.
minkwe: *adj.* once. E.
minna: *adv.* hacia dentro. E.
Minnóna: *n.* Elfo (lit. primer nacido). WJ.
minya: *adj.* primero. E, S, WJ.
minyen: *n.* primer día del año. E.
mir: *adv.* hacia dentro. E.
míre: *n.* joya, objeto precioso, tesoro. En compuestos -*mir.* E, aldamir AP, míri LG.
mírie: *adj.* enjoyado. R.
miril, *plural* mirilli: *n.* joya brillante. E.
mirilya-: *v. d.* destellear. E.
mirima: *adj.* libre. E.
mirroanwe: *n.* ser encarnado (unión de fea y hroa). Mirröanwi MR.
miruvóre: *n.* néctar. Miruvóreva LG.
mista: *adj.* gris. Lassemista C.
mista-: *v. d.* vagar. E.
miste: *n.* lluvia fina. E.
mittal: *adv.* *adentro. Mittalmar CI2.
mitya: *adj.* interior. E.
miule: *n.* gemido, quejido. E.
moina: *adj.* familiar, querido. E.
mól: *n.* esclavo. E.
mordo: *n.* sombra, mácula. E.
more: *n.* negrura, obscuridad, noche. En compuestos *mori-*. En E aparece como *móre.* C.
more: *adj.* negro. Probablemente substituído por *morna.* E.
morilinde: *n.* ruiseñor. E.
morko: *n.* oso. E.
morna: *adj.* negro, obscuro. Según E tenebroso, sombrío. C, E, M.
mornie: *n.* obscuridad. LG.

móta-: *v. d.* trabajar duramente. E.
motto: *n.* borrón, manchón. E.
muile: *n.* secreto. E.
muina: *adj.* oculto, secreto. E.
mundo: *n.* [a] toro. C. [b] hocico, nariz, cabo. E.

N

ná: *conj.* pero, sin embargo. E.
na: *prep.* a, hacia. E.
ná-: *v.* ser o estar, existir. En presente plural es *nar.* E, IE, LG.
nahta: *n.* mordisco. E.
nai: *adv.* ojalá (lit. sea que). LG, CI3.
nai: *intj.* ay (por desgracia). E.
naike(le): *n.* dolor fuerte. E.
naikelea: *adj.* doloroso. E.
naina-: *v. d.* lamentar. E.
nainie: *n.* lamento. R.
naire: *n.* lamento. Probablemente substituído por *nainie.* E.
nak-: *v. d.* morder. E.
nalláma: *n.* *eco. E.
nalta: *n.* resplandor. Viene de *gn-*. PM.
namárie: *intj.* adiós. LG.
namba: *n.* martillo. E.
namba-: *v. d.* martillar. E.
namna: *n.* *ley. MR.
námo: *pron.* alguien, una persona. PM.
nán: *conj.* pero, sin embargo. E.
nan-: *adv.* hacia atrás. E.
nanda: *n.* vega, llanura irrigada. E.
nanda-: *v. d.* tocar el arpa. Viene de *gn-*. E.
nandaro: *n.* arpista. Viene de *gn-*. E.
nande: *n.* [a] arpa. Viene de *gn-*. E. [b] valle. En compuestos *nan(d)-*. CI2, C, Laurenande CI2.
nandele: *n.* acorde de arpa. Viene de *gn-*. E.

nandelle: *n.* arpa pequeña. Viene de *gn-*. E.
nangwa: *n.* mandíbula. E.
nár: *n.* fuego, llama. S, E.
naraka: *adj.* violento, precipitado. E.
narda: *n.* nudo. E.
náre: *n.* llama. E.
Nárie: *n.* 6.º mes de los calendarios númenóreano y de los senescales, 3.º mes del calendario revisado (aproximadamente junio). AP.
narki-: *v.* rasgar. La i final puede ser la última vocal de un v. d. o una marca de v. e. f. E.
Narkwelie: *n.* 10.º mes de los calendarios númenóreano y de los senescales, 7.º mes del calendario revisado (aproximadamente octubre). AP.
narkwelion: *n.* otoño (lit. declinación del fuego = sol). E.
narmo: *n.* lobo. Viene de *gn-*. E.
Narvinye: *n.* 1.º mes de los calendarios númenóreano y de los senescales, 10.º mes del calendario revisado (aproximadamente enero). AP.
narwa: *adj.* rojo ardiente. E.
nasar: *adj.* rojo (poético). Sólo en el kwenya vanyarin. Palabra de origen valarin. WJ.
nasse: *n.* espina, pincho. E.
nasta: *n.* punta de lanza, punta, triángulo. E.
nasta-: *v. d.* pinchar. E.
nat: *n.* cosa. E.
natse: *n.* red, tela. E.
nauka: *adj.* enano, atrofiado, algo con menos tamaño de lo normal). WJ.
Naukalie: *n.* pueblo de los Enanos. WJ.
Nauko: *n.* enano. E, WJ.
naule: *n.* aullido de lobo. E.
nauro: *n.* hombre lobo. Viene de *gn-*. E.
nause: *n.* imaginación. Viene de *nauthe*. E.
nauta: *adj.* atado, obligado. E.
-ndakil: *n.* vencedor de. Rómendacil RR.
-ndil: *n. mas.* amante de, amigo de. E, C, Elendil AP.

-ndóre: *n.* tierra de. Se puede acortar a *-ndor.* C, Lindelorendor RR.
-ndur: *n. mas.* sirviente de. C, Arandur AP.
nehta: *adj.* *apuntado. CI3.
nehte: *n.* algo terminado en punta. CI3.
néka: *adj.* vago, débil, mortecino. M.
nelde: *adj.* tres. En compuestos *nel-*. E.
nelet, *plural* nelki: *n.* diente. E.
nelle: *n.* arroyo. E.
neltil, *plural* neltildi: *n.* triángulo. E.
nelya: *adj.* tercero. WJ.
nén: *n.* agua. En compuestos puede ser *nen.* Declinación según *nen-*. E, nénime AP, Cuiviénen S.
Nenar: *n.* ?Urano (planeta). RR.
nenda: *adj.* acuoso, mojado. E.
nende: *n.* laguna. E.
nengwe: *n.* nariz. E.
nengwea: *adj.* nasal. E.
Nénime: *n.* 2.º mes de los calendarios númenóreano y de los senescales, 11.º mes del calendario revisado (aproximadamente febrero). AP.
nér, *plural* neri: *n. mas.* hombre adulto (Elfo, Hombre o de cualquier raza hablante). Viene de DER. E, MR.
nernehta: *n.* punta de lanza humana (formación militar númenóreana). CI3.
nerte: *adj.* nueve. E.
nése: *n.* juventud. E.
nessa: *adj.* joven. E.
nesse: *n.* juventud. E.
nessemelda: *n.* cierto árbol de Númenóre. CI2.
nessima: *adj.* juvenil. E.
neuma: *n.* trampa, cepo. E.
neuna: *adj.* segundo. Probablemente substituído por *tatya.* E.
neuro: *n.* seguidor, sucesor. E.
ní: *n.* hembra, mujer. Poético y arcáico, normalmente se usa *nis.* E.

nie: *n.* lágrima. E.
nieninkwe: *n.* campanilla de invierno (flor). E.
nikse: *n.* escarcha. WJ.
niku-: *v. d.* helar, hacer mucho frío. WJ.
nikwe: *n.* nieve. E.
nikwe: *adj.* frío. WJ.
nikw-: *v. e. f.* hacer frío, helar. Aparece en tercera persona. Nique WJ.
nikwesse: *n.* figuras de escarcha caída. WJ.
nikwis: *n.* figuras de escarcha caída. WJ.
nilda: *adj.* amigable. E.
nilde: *n. fem.* amiga. E.
nildo: *n. mas.* amigo. E.
nille: *n.* destello plateado, algo que recuerda a una estrella. Viene de *gn-*. MR.
nilme: *n.* amistad. E.
nilmo: *n. mas.* amigo. E.
nin: *pron. dat.* me. LG.
ninde: *adj.* delgado. E.
ninkwe: *adj.* frío, palido. Según E, S también blanco. WJ.
ninkwisse: *n.* blancura. E.
ninkwitá-: *v.* blanquear. E.
ninkwita-: *v.* brillar blanco. E.
níre: *n.* lágrima. E.
nirwa: *n.* cabezal, almohadón. E.
nís, *plural* nissi: *n. fem.* mujer. MR, E.
nísima: *adj.* *fragante. Nísimaldar CI2.
nisse: *n. fem.* mujer. E.
níte: *adj.* húmedo (normalmente referido a los ojos). E.
nó, *plural* nówi: *n.* idea, concepto. E.
noa, *plural* nówi: *n.* idea, concepto. E
noire: *n.* *tumba. Noirinan CI2
nóla: *adj.* sabio, instruído. Viene de *gn-*. E.
nóla: *n.* loma, cabeza redonda. E.
Noldo: *n.* uno de los Noldor (lit. sabio). Viene de *gn-*. AP, S, WJ.
noldorin: *adj.* referido a los Noldor. Viene de *gn-*. CI1.

nóle: *n.* largo estudio, ciencia, conocimiento. Viene de *gn-*. E, S, MR.
nolfine: *n.* habilidad mágica. Viene de *gn-*. E.
Nolme: *n.* Conocimiento, Filosofía, Ciencia. Viene de *gn-*. PM.
nolmo: *n. mas.?* sabio. Viene de *gn-*. PM.
nolwe: *n.* sabiduría, conocimiento secreto. Viene de *gn-*. E.
nór: *n.* tierra firme (opuesto a mar). WJ.
nóre: *n.* [a] país, tierra (asociado a un grupo de gente). En compuestos se pueda acortar a *-nor.* C, S, E. [b] raza, clan. E.
nórie: *n.* país. LG.
norna: *adj.* duro, resistente. WJ.
Nornalie: *n.* pueblo de los Enanos. WJ.
norno: *n.* roble. Viene de DÓRON. E.
Norno: *n.* Enano (más amistoso que Nauko). WJ.
norsa: *n.* gigante. E.
nosse: *n.* clan, familia, linaje, «casa». PM, E.
nosta-: *v. d.* engendrar. SD.
nostar: *n.* padre, que engendra. Nortari RR, C.
not-: *v. e. d.* calcular, contar. E, únótima LG.
nóte: *n.* número. E.
nótima: *adj.* contable. Únótima LG.
nu: *prep.* bajo, debajo de. LG, M.
nukwerna: *adj.* invertido. Nuquerna AP.
nuhta-: *v. d.* detener, estorbar, atrofiar. WJ.
nulda: *adj.* secreto. Viene de DUL. E.
nulka: *adj.* malvado. Henulka DT, SD.
nulla: *adj.* [a] secreto. Viene de DUL. E. [b] obscuro, moreno (de tez obscura). E.
númellóte: *n.* cierta flor de Númenóre. CI2.
núme: *n.* descenso, occidente. C.
Númen: *n.* Oeste. S, AP, CI3, C, E.
númen: *n.* sendero del sol, atardecer. S, AP, CI3, C, E.
nulda: *adj.* secreto. Viene de DUL. E.
númenya: *adj.* occidental. E.

nún: *adv.* debajo. E.
nuntikse: *n.* signo diacrítico por debajo de la línea de escritura. E.
nur: *adj.* ?inferior. Nur-menel MR.
núra: *adj.* profundo. E.
núro: *n.* puesta de sol. E.
nurru-: *v. d.* murmurar, retumbar. M.
nurta-: *v.d.* *ocultar. S.
nurtale: *n.* ocultamiento. Nurtalë S.
Nuru: *n.* la muerte (personificada = Mandos). E.
nuru: *n.* muerte. E.
nut-: *v. e. f.* atar. E.
núta-: *v. d.* ponerse (el sol o la luna). E.
núte: *n.* nudo. E.
nwalka: *adj.* cruel. Viene de *gnw-*. E.
nwalme: *n.* tormento. Viene de *gnw-*. AP.
nwalya-: *v. d.* atormentar. Viene de *gnw-*. E.
nyano: *n.* rata. E.
nyar-: *v. e.* f. relatar. E.
nyáre: *n.* relato, saga. E.
nyarna: *n.* cuento. E.
nyelle: *n.* campana. E.
nyello: *n.* cantante. E.

O

-o: *suf. masc.* sufijo masculino. PM.
ó-: *pref. adj. o adv.* junto. Se utiliza en palabras que indican encuentro o reunión (puede perder la tilde si no es la sílaba tónica). Si la palabra es de origen verbal el prefijo pasa a ser siempre *o-*. PM, E.
oa: *adv.* lejos. WJ.
oar: *adv.* hacia lo lejos (indica movimiento). WJ.
oante: *v.* véase *auta-*.
ohta: *n.* guerra. E.
ohtar: *n.* soldado. CI3, S.

ohtatyaro: *n.* guerrero. E.
oi: *adv.* siempre. En compuestos *oio-*. E, oio-lossëo LG.
oia: *adj.* imperecedero. E.
oiale: *adv.* eternamente. CA.
oiale: *n.* ?edad eterna. E.
oilima: *adj.* último. M.
oio: *n.* eternidad. CI3.
oioloire: *n.* cierto árbol de Númenóre. CI2.
oira: *adj.* eterno. E.
oire: *n.* ?edad eterna. E.
óla-: *v. d.* soñar. Tolkien dice que es un verbo impersonal. CI4.
olassie: *n.* colección de hojas, follaje. C.
olor: *n.* un sueño (de soñar). E.
olosse: *n.* la nieve caída (poético). E.
olos, *plural* olori: *n.* sueño élfico, visión. CI4.
olosta: *adj.* soñador. CI4.
olvar: *n. pl.* las cosas que crecen con raíces en la tierra, plantas. No se sabe si existe la forma en singular. S.
olwa: *n.* rama. E.
óma: *n.* voz. E, ómaryo LG, ómainen WJ.
óman, *plural* amandi: *n.* vocal. E.
ómataina: *n.* adición de una vocal a una raíz igual a la que ya existe. WJ.
ómatehta: *n.* signo vocálico en las tengwar. WJ.
omentie: *n.* encuentro (de las direcciones de dos personas o grupos). Omentielvo CA.
omet-: *v. e.? d.?* encontrarse. Omentie WJ.
-on: *n.* señor de. Aldaron S.
ondo: *n.* piedra. S, C, M, E.
onna: *n.* criatura. E.
onóna: *adj.* gemelo. WJ.
onóna: *n.* un gemelo. WJ.
onóne: *n. fem.* hermana, pariente. E.
ónoni: *n. pl.* hermanos gemelos. WJ.
onóro: *n. mas.* hermano, pariente. E.
onot-: *v. e. d.* contar (numerar). E.

onótimo: *n.* ?matemático. WJ.
onta-, *pasado* óne, ontane: *v. d.* procrear, crear. Quizá fuera abandonado, véase *nostar* y *ontani*. E.
ontani: *n. pl.* padres. Quizá fuera abandonado, véase *nostar*. E.
ontare: *n. fem.* procreadora, madre. Quizá fuera abandonado, véase *nostar* y *ontani*. E.
ontaro: *n. mas.* procreador, padre. Quizá fuera abandonado, véase *nostar* y *ontani*. E.
opele: *n.* casa o pueblo amurallado, ciudad. E.
or: *prep.* sobre. CI3.
ore: *n.* ?edad eterna. E.
óre: *n.* corazón (consciencia interior). AP.
óre: *n.* subida. E.
Orko, *plural* orkwi: *n.* Orco. La forma correcta en kwenya era *urko* (q. v.) pero por influencia del sindarin en la Tierra Media se uso *orko*. WJ, E.
orma: *n.* materia física. MR.
orme: *n.* precipitación, violencia, cólera. E.
orna: *adj.* precipitado. E.
orne: *n.* árbol (alto y alargado, véase *alda*). C, E, ornemalin DT.
oro-: *adj.* alto, elevado, noble. Oromardi LG.
oron, *plural* oronti: *n.* montaña. WJ, E.
orta-, *pasado* ortane: *v. d.* elevar. E, ortane LG.
orto: *n.* cumbre, cima de montaña. E.
ósanwe: *n.* ?pensamiento. Ósanwe-kenta MR.
oselle: *n. fem.* hermana (por juramento), compañera. Viene de THEL. E.
osse: *n.* terror. E.
osto: *n.* fortaleza, ciudad amurallada. En compuestos -os. E, MR, WJ, Formenos S.
otornasse: *n.* hermandad. E.
otorno: *n. mas.* hermano (por juramento), compañero. E.
Otselen: *n.* Osa Mayor (lit. siete estrellas). E.
otso: *adj.* siete. S, E.

P

palan: *adv.* lejos. R, E.
palla: *adj.* ámplio. E.
palme: *n.* superficie. E.
palpa-: *v. d.* golpear. E.
palu-: *v. d.* abrir, extender. E.
palúre: *n.* superficie, seno. E.
palya-: *v. d.* extender. E.
panda: *n.* recinto, cercado. E.
pano: *n.* trozo de madera tallado. E.
panta: *adj.* abierto. E.
panta-: *v. d.* desplegar, abrir. E.
panya-: *v. d.* fijar. E.
parka: *adj.* seco. E.
parma: *n.* libro. AP, E.
parmalambe: *n.* lengua de los libros = kwenya clásico. E.
pasta: *adj.* liso, suave. E.
pé: *n.* boca. E.
pel-: *v. e. d.* rodear, girar, regresar. E.
peler: *n.* casa o pueblo amurallado, ciudad. E.
pella: *post.* más allá de. LG, M.
peltas, *plural* peltaksi: *n.* pivote. E.
penda: *adj.* cuesta abajo, inclinado. E.
pende: *n.* cuesta, declive. E.
Perelda: *n.* Medio Elfo. C.
perina: *adj.* medio. E.
perya: *adj.* medio. E.
píka-: *v. d.* disminuir, menguar. M.
pilin, *plural* pilindi: *n.* flecha. E.
pirya: *n.* zumo, sirope. E.
pitya: *adj.* ?diminuto, muy pequeño. Pitya-naukor WJ, PM.
piuta: *n.* saliva. E.
poika: *adj.* limpio, puro. E.
polda: *adj.* fuerte, fornido. E.
poldore: *n.* ?fuerza. E.
poldórea: *adj.* ?fuerte. E.

pore: *n.* harina, comida. E.
punta: *n.* consonante oclusiva. E.
púrea: *adj.* manchado, descolorido. M.
pusta: *n.* pausa, punto y aparte (en puntuación). E.
pusta-: *v. d.* detener. E.
putta: *n.* punto (en puntuación). E.

R

rá, *plural* rávi: *n.* león. E.
raika: *adj.* torcido, equivocado. E.
raime: *n.* caza. E.
rak-: *v. e. d.* romper. Participio pasado *rákina.* M.
ráka: *n.* lobo. E.
rakka: *n.* *garra. DT, SD.
ráma: *n.* ala. Poéticamente usado también para hoja y vela de barco. M, E, rámar LG.
rámalóke: *n.* dragón alado. E.
ramba: *n.* muro. S, E.
Rána: *n.* La luna (lit. errante). S.
randa: *n.* edad, ciclo (100 años valinóreanos). E.
ráne: *n.* vagabundeo, extravío. E.
ránen: *adj.* errante. E.
ranga: *n.* paso, medida de longitud númenóreana equivalente a 96'32 cm. CI3.
rangwe: *n.* braza (medida de longitud). E.
ranko, *plural* rankwi: *n.* brazo. E.
ranya-: *v. d.* deambular, extraviarse. E.
rasse: *n.* cuerno (de un anival vivo o de una montaña). E, PM.
rasta: *adj.* *doce. E.
rauko: *n.* demonio, una criatura temible y poderosa. S, E, WJ.
raumo: *n.* ruido de tormenta. M.
rauta: *n.* metal. E.
ráva: *n.* [a] bancales, orilla de rio. E. [b] páramo, lugar salvaje. E.

ráve: *n.* rugido. M.
rávea: *adj.* rugiente. M.
rávi: *n.* véase *rá.*
ré: *n.* *día. Cormarë AP.
-rel: *n.* *hija de. Tindómerel S .
rembe: *n.* red. AP.
rempa: *adj.* torcido, ganchudo. E.
réna: *n.* límite, borde, márgen. E.
rer-, *pasado* rende: *v. e. f.* sembrar. E.
ría: *n.* guirnalda. PM.
rie: *n.* corona. E.
rielle: *n. fem.* doncella enguirnaldada con resplandor. En compuestos *-riel.* PM, S.
rihta-: *v. d.* sacudir, mover. E.
rilma: *n.* luz brillante. E.
rilya: *n.* resplandor. E.
ríma: *n.* límite, borde, márgen. E.
rimba: *adj.* frecuente, numeroso. E.
rimbe: *n.* hueste, ejército, gran número. C, S, E.
rimpa: *adj.* precipitado, volante (que vuela). E.
rína: *adj.* coronado. E, Elerrína S.
rinda: *adj.* circular. E.
rinde: *n.* círculo. E.
ringa: *adj.* frío. M, Ringarë AP.
Ringare: *n.* 12.º mes de los calendarios númenóreano y de los senescales, 9.º mes del calendario revisado (aproximadamente diciembre). AP.
ringe: *n.* [a] frío. E. [b] lago o laguna de aguas frías (en montañas). E.
rinke: *n.* sacudida, ademán. E.
risil: *n.* anillo. Se utiliza en la traducción de *Mahanaxar.* Viene de *rithil.* WJ.
rista: *n.* corte. E.
rista-: *v. d.* cortar. E.
roina: *adj.* rojizo. E.
roita-: *v. d.* perseguir. E.
rokko: *n.* caballo. C, S.

rokwen: *n.* caballero (rango en el ejercito númenóreano). CI3, WJ.
róma: *n.* [a] cuerno. WJ, Valaróma MR. [b] sonido alto, sonido de trompeta. E.
romba: *n.* cuerno, trompeta. E, WJ.
Rómen: *n.* Este (punto cardinal). AP, E, Romello LG.
rómen: *n.* salida del sol. E.
rómenya: *adj.* oriental. E.
róna: *n.* este. E.
rondo: *n.* cueva (de origen natural o artificial), un techo abovedado o arqueado no visible desde fuera o el lugar así techado. E, WJ.
ronyo: *n.* perro de caza. E.
rosse: *n.* espuma, lluvia fina, rocío. PM, E.
rotto: *n.* gruta pequeña. PM.
Rú: *n.* Wose. CI4.
Rúatan: *n.* Wose. CI4.
ruhta-: *v. d.* aterrorizar. WJ.
ruk-: *v. e. f.* sentir miedo o terror. Acompañado del objeto o causa en ablativo. WJ.
rúkima: *adj.* terrible. WJ.
rúkina: *adj.* confuso, agitado, desordenado. M.
ruksa-: *v. d.* desmoronar. Ruxala M.
rúma-: *v. d.* mover, cambiar (cosas grandes y pesadas). M.
runda: *n.* trozo de madera sin trabajar. E .
runya: *n.* [a] llama roja. En S aparece *rúnya.* PM. [b] huella. E.
rusko: *n.* zorro. PM.
russe: *n.* brillo muy intenso, hoja de espada (poético). E.
russan: *n.* *cobre. Russandol PM.

S

sahta: *adj.* maculada. MR.
saira-: *v. d.* ?ser sabio. E.
sairon: *n.* mago. E.

salkwe: *n.* pasto. E.
salpa-: *v. d.* sorber. E.
sambe: *n.* habitación. E.
samma: *n.* ?diptongo. E.
samna: *n.* poste de madera. E.
samno: *n.* carpintero. E.
sanda: *n.* *escudo. Viene de *th-*. CI3.
sanda: *adj.* firme, verdadero, duradero. E.
sandastan: *n.* barrera de defensa (formación militar númenóreana). Viene de *th-*. CI3.
sanga: *n.* multitud. E, Sangahyando AP.
sanka: *n.* hendidura, fisura. E.
sangwa: *n.* veneno. E.
sanya: *adj.* regular, legal, normal. E.
sanye: *n.* regla, ley. E.
sar, *plural* sardi: *n.* piedra pequeña. E, AP.
sára: *adj.* amargo. E.
sara: *n.* hierba seca y tiesa. E.
sarat: *n.* letra, marca con significado. Se aplica a las letras de Rúmil depués de Feanor. WJ.
sarna: *adj.* de piedra. E.
sarne: *n.* fortaleza. E.
sarnie: *n.* canto rodado. CI3.
saura: *adj.* [a] abominable, detestable. Viene de *th-*. C .[b] asqueroso, apestoso, pútrido. Viene de *th-*. E, Saurikumba DT, SD. Posiblemente sean la misma palabra.
sáva: *n.* zumo. E.
selda: *n. fem?.* niña. E.
selde: *n.* niño. E.
seldo: *n. mas?.* niño. E
seler, *plural* selli: *n. fem.* hermana. Viene de *th-*. E.
selma: *n.* idea fija, voluntad. Viene de *th-*. WJ.
sén: *n.* hijo. Eruséni MR.
senda: *adj.* descansando, en paz. E.
senya: *voc.* hijo mío. CI2.
-ser: *n.* amigo. E.
ser-: *v. e. f.* descansar. E.

sére: *n.* descanso, paz. E.
serinde: *n. fem?.* *bordadora. S.
serke: *n.* sangre. S.
serme: *n. fem.* amiga. E.
sermo: *n. mas.* amigo. E.
seron: *n.* amigo. E.
sí: *adv.* ahora. LG, E.
sikil: *n.* daga, cuchillo. E.
sil-: *v. e. d.* brillar. M, E.
silima: *n.* substancia de la que se hicieron los Silmarilli. R, S.
silma: *adj.* con brillo blanco. E.
silme: *n.* [a] plata (poético). E. [b] luz (de estrellas). AP.
sin: *adv.* así. PM.
sina: *adj.* este. CI3.
sinda: *adj.* gris. Viene de *th-*. LG, S.
Sinda: *n.* uno de los Elfos Sindar. Viene de *th-*. Véase *sinde.* AP, E.
Sindarin: *n.* idioma de los Elfos sindar. Viene de *th-*. AP, E.
sindarinwa: *adj.* referido a los Sindar. Viene de *th-*. AP.
sinde: *adj.* gris, gris pálido. Es posible que *sinda* y *sinde* sean dos variantes de la misma palabra, pero como palabra aislada sólo aparece la segunda. Viene de *th-*. WJ.
Sindel, *plural* Sindelli: *n.* uno de los Sindar. WJ.
sinka: *n.* *pedernal, silex. Sincahonda DT, SD.
sinome: *adv.* aquí, en este lugar. RR.
sinta: *adj.* corto. E
sinta-, *pasado* sintane: *v. d.* apagar, desvanercerse. Viene de *th-*. E
sinte: *v.* véase *ista.*
sinya: *adj.* nuevo. Quizá substituído por *vinya.* E.
sinye: *n.* tarde noche. Viene de *th-*. E.
sir-: *v. e. d.* fluir. E.
síre: *n.* río. E.
siril: *n.* riachuelo. E.
sisíla-: *v.* brillar (frecuentativo). M.
siule: *n.* instigación, incitación. E.

solor: *n.* oleaje. E.
sorne: *n.* águila. Viene de *th-*. E.
sorno: *n.* águila. Viene de *th-*. C.
soron, *plural* sorni: *n.* águila. Viene de *th-*. E.
suhto: *n.* trago. E.
suk-: *v. e. f.* beber. E.
súle: *n.* espíritu, aliento. Viene de *th-*. AP, S, E.
Súlime: *n.* 3.° mes de los calendarios númenóreano y de los senescales, 12.° mes del calendario revisado (aproximadamente marzo). AP.
sulka: *n.* raíz. E.
súlo: *n.* copa. E.
súma: *n.* cavidad, entrañas. M.
sundo: *n.* base, raíz. E, WJ.
sundóma: *n.* vocal característica de una raíz. WJ.
sungwa: *n.* vasija. E.
súre: *n.* viento. M, Súrinen LG.
surya: *n.* consonante fricativa. E.
súya-: *v. d.* respirar. Viene de *th-*. E.

T

ta: *pron.* ése. E.
taile: *n.* prolongación. E.
taina: *adj.* alargado. E.
taita-: *v. d.* prolongar. E.
tak-, *pasado* tanke: *v. e. f.* sujetar, atar. Aparece dado en tercera persona. E.
takse: *n.* uña. E.
tál: *n.* pie. Declinación según *tal-*. E.
talan, *plural* talami: *n.* suelo. E.
tallune: *n.* planta del pie. E.
talma: *n.* base, fundamento. E.
talta: *adj.* inclinado. E.
talta: *n.* inclinación. E.
talta-: *v. d.* derrumbarse, caer, inclinarse. M, E.

talya-: *v. d.* duplicar, repetir. E.
tam-, ***pasado* tamne**: *v. e. f.* dar un golpecito. E.
tamba-: *v. d.* golpear. E.
tambaro: *n.* [a] golpeador. E. [b] pájaro carpintero. E.
tamne: *v.* véase *tam-*.
tampa: *n.* tapón. E.
tana: *adj.* ese. E.
tana-: *v. d.* mostrar, indicar. MR.
tango: *n.* tañido, sonido que hace una cuerda tensa al soltarse (onomatopéyico). E.
tangwa: *n.* broche, cierre. E.
tanikwelasse: *n.* cierto árbol de Númenóre. Taniquelassë CI2.
tanka: *adj.* firme, seguro. E.
tanke: *v.* véase *tak-*.
tankil: *n.* alfiler, broche. E.
Tankol: *n.* Venus. MR.
tanna: *n.* signo. MR.
tano: *n.* artesano, herrero. E, artano CA.
tanta: *adj.* doble. E.
tanwe: *n.* objeto artesanal, objeto fabricado, mecanismo, máquina. E.
táp-, ***pasado* tampe**: *v. e. f.* *detenerse. Dado en tercera persona. E.
tar: *adj.* ?superior. Tar-menel MR.
tar: *adv.* ahí (arcaico). E.
tár: *n.* rey. E.
tára: *adj.* alto, elevado, noble. En compuestos *tar-*. E, S, WJ, Tarion AP.
tári: *n. fem.* reina. E, Tario LG, Elentari LG.
tárie: *n.* altura. Tárienna RR.
tarinya: *voc.* mi rey. CI2.
Tárion: *n.* 6.° día de la semana élfica y 7.° de la númenóreana dedicado a los Valar. AP
tarka: *n.* cuerno (de animal). E.
tarkil: *n.* hombre de origen númenoréano. AP.
tarma: *n.* pilar. S, CI2.

tarsa: *n.* problema, dificultad. E.
tarya: *adj.* resistente, fuerte, duro. E.
tasar(e): *n.* sauce. Viene de TATHARE. E, S.
tatya: *adj.* segundo. WJ.
tatya-: *v. d.* duplicar. E.
taura: *adj.* poderoso. E.
taure: *n.* bosque. Por asociación con *taura* sólo se aplica a grandes bosques. E, C, S, M.
taurea: *adj.* boscoso. Tumbaletaurëa RR.
taurina: *adj.* de madera. E.
tavar: *n.* madera. E.
tavaril: *n. fem.* espíritu de los bosques. E.
tavaro(n): *n. mas.* espíritu de los bosques. E.
te: *pron. acus.* *los. RR.
tea: *n.* línea recta, camino. E.
tehta: *n.* marca, signo. E, AP.
tek-: *v. e. f.* escribir. Dado en tercera persona. E.
tekil: *n.* pluma (de escribir). E, PM.
tekko: *n.* tilde ('). E.
telda: *adj.* último, final. WJ.
tele-: *v.* terminar, ser la última persona o cosa de una serie de eventos. Es un verbo transitivo. La e final puede ser la última vocal de un v. d. o una marca de v. e. f. WJ.
Telelli(e): *n.* pueblo de los teleri. E.
telemna: *adj.* de plata. E.
Teler: *n.* uno de los Teleri. S, E.
telerin: *adj.* referido a los Teleri. E.
telko, *plural* telkwi: *n.* [a] pierna. E, quingatelco DT, SD. [b] tallo (de una letra). AP.
telko-: *v. d.* *andar a trancos. Telcontar RR.
telkontar: *n.* que anda a trancos. RR.
tella: *adj.* último. E.
telle: *n.* parte posterior. E.
telluma: *n.* bóveda, cúpula. Palabra de origen valarin. LG, WJ.
telma: *n.* conclusión, último elemento de una estructura o trabajo. WJ.

telme: *n.* capucha, cubierta. E.
telmello telmanna: *adv.* de pies a cabeza, de arriba a abajo. E.
telpe: *n.* plata. Palabra de origen telerin más utilizada que la forma correcta en kwenya: *tyelpe.* En compuestos *telep-*. CI2, S.
telpina: *adj.* de plata. E.
telta-: *v. d.* cubrir, ocultar, camuflar. E.
telume: *n.* bóveda, cúpula, techo, toldo. E, WJ.
telya-: *v. d.* finalizar, concluir. Se trata de un verbo intransitivo. E.
téma: *n.* serie, hilera, línea. E, AP.
tengwa: *n.* letra. E, WJ, tengwar AP.
tengwanda: *n.* alfabeto. E.
tengwe: *n.* indicación, signo. E.
tengwesta: *n.* sistema de signos, lenguaje (ya sea mediante sonidos o no). En E aparece gramática, pero WJ aclara que técnicamente esta palabra incluye la forma de hablar, o *lambe* (la fonética y la fonología del lenguaje), así como la morfología, la gramática y el vocabulario. WJ.
tengwestie: *n.* lenguaje (como fonómeno de comunicación entre seres). WJ.
tenkele: *n.* sistema de escritura. E.
tenna: *prep.* hasta. Tenn' RR.
tennoio: *adv.* eternamente. CI3.
ter-: *adv.* a través. CI3
ter(e): *prep.* a través de, por. E.
téra: *adj.* recto. E.
teren(e): *adj.* delgado. E.
tereva: *adj.* penetrante, agudo. E.
terhat-, *pasado?* terhante: *v. e. d.* romper en piezas. E.
terken: *n.* *percepción. MR.
terkenya: *adj.* perceptivo. Terkenyë MR.
termar-: *v. e. d.?* permanecer (literalmente asentarse a través). CI3.
tie: *n.* camino, curso, línea, dirección. E, tiër LG, tielyanna CI1.
tihta-: *v. d.* atisbar. M.

tikse: *n.* punto, marca débil. E.
tilde: *n.* punta, cuerno. En compuestos *-til.* E, WJ, Taniquetil S.
tin-: *v. e. f.* centellear. Dado en tercera persona. E, LG.
tinda: *adj.* brillante, plateado. E.
tinde: *n.* destello. E.
tindóme: *n.* crepúsculo del amanecer. AP.
tindómerel: *n.* ruiseñor (poético). E.
tinga-: *v. d.* vibrar. Véase *tinge.* E.
tinge: *n.* tañido, sonido que hace una cuerda tensa al soltarse (onomatopéyico). E.
tingilinde: *n.* estrella brillante. E.
tingilya: *n.* estrella brillante. E.
tinko: *n.* metal. E, AP.
tinta: *adj.* centelleante. S.
tinta-: *v. d.* encender, causar destellos. E, MR, LG.
tintila-: *v. d.?* *chispear. LG.
tintina-: *v. d.* centellear (frecuentativo?). E.
tinwe: *n.* centelleo, chispa. Poéticamente también estrella. LG, E.
-tir: *n.* observador, el que mira. Palantir S.
tir-, *pasado* tirne: *v. e. f.* atender, vigilar, observar. E, tiruva M, tiruvantes CI3.
tirion: *n.* atalaya, torre. E.
titta: *adj.* pequeño, diminuto. E.
tiuka: *adj.* gordo, grueso. E.
tiuko: *n.* muslo. E.
tiuya-: *v. d.* hincharse, engordar. E.
tó: *n.* lana. E.
toa: *adj.* de lana. E.
tol, *plural* *tolli: *n.* isla. S, E.
tolto: *adj.* ocho. E.
top-, *pasado* tompe: *v. e. f.* cubrir. Dado en tercera persona. Quizá Tolkien cambió la raíz y paso a ser *tup-*, véase *tópa-*. E.
tópa: *n.* techo, tejado. Quizá Tolkien cambió la raíz y paso a ser *túpa*, véase *tópa-*. E.

tópa-: *v. d.* techar. En R *untúpa* se descompone en *undu* + *túpa*, de aquí se podría deducir que quizá Tolkien cambió la raíz y paso a ser *túpa-*; sin embargo, el cambio en la vocal también podría estar provocado por el adverbio. E, entúpa LG.

toron, *plural* torni: *n.* hermano. Se usa más *onóro*. E.

tuia-: *v. d.* *brotar. E.

tuile: *n.* [a] primavera. E, AP. [b] madrugada. E. [c] 1.º mes del calendario de Imladris. AP.

tuilére: *n.* día especial del calendario de los senescales. AP.

tuilindo: *n.* golondrina (lit. cantor de primavera). E.

tuima: *n.* brote. E.

tuk-: *v. e. f.* traer, arrastrar. E.

tukse: *n.* techo de paja. E.

tul-: *v. e. f.* venir, llegar (al punto de vista del hablante). E, Utúlien RR, entuluva S.

tulka: *adj.* [a] amarillo. Palabra de origen valarin. WJ. [b] firme, fuerte, inamovible. Probablemente abandanada. E.

tulko: *n.* soporte. E.

tulta-: *v. d.* ir a buscar, recoger, llamar. E.

tumbale: *n.* valle muy profundo. C, Tumabaletaurëa RR.

tumbo: *n.* valle profundo. S, E.

tumna: *adj.* profundo. E.

tumpo: *n.* joroba. E.

tunda: *adj.* alto. E.

tundo: *n.* colina. E.

tunga: *adj.* tenso, tirante. E.

tuo: *n.* músculo, vigor, fuerza física. E.

tupse: *n.* paja. E.

tur: *n.* señor, amo. E, Turambar AP.

túre: *n.* dominio, victoria, poder. E.

turka: *adj.* *fuerte, poderoso. PM.

turma: *n.* escudo. E.

turo: *n.* señor, amo. E.

tur-: *v. e. f.* *dominar, gobernar, ordenar. E, turúna S.

tussa: *n.* arbusto. E.
tuv-: *v. e.?f.?* *encontrar (localizar). Utúvienyes RR.
tyal-,: *v. e. f.* jugar, tocar un instrumento. E.
tyalangan, *plural?* tyalangandi: *n.* arpista. E.
tyalie: *n.* deporte, juego. E.
tyar-: *v. e. d.* causar. E.
tyaro: *n.* hacedor, agente. E.
tyav-: *v. e. f.* degustar. E.
tyáve: *n.* gusto, placer. E, MR-
tyel(de): *n.* fin. Declinación según *tyeld-*. E.
tyel-: *v. d.* acabar. E.
tyelima: *adj.* final. E.
tyelka: *adj.* rápido, ágil, apresurado. E, PM.
tyelle, *plural* tyeller: *n.* *grado. Tyeller AP.
tyelpe: *n.* plata. En compuestos *tyelep-*. Se utiliza más *telpe.* CI2, C, E.
tyelperin: *adj.* plateado. S.
tyulma: *n.* mástil. E, SD.
tyulusse: *n.* álamo. E.

U

ú-: *adv.* no, in-. Normalmente añade un matiz maligno. E, Únótime LG.
uile: *n.* planta trepadora o que se extiende, especialmente alga. E.
úlea: *adj.* desbordante. E.
ulle: *v.* véase *ulya-*.
ulunde: *n.* inundación. E.
ulundo: *n.* monstruo, criatura deforme y horrible. E.
ulya, *pasado intrans.* ulle, *trans.* ulyane: *v. e. d.* verter, echar. E.
um-, *pasado* úme: *v. e.* f. no hacer, no ser, no estar. En primera persona *umin* o *uin.* E.
umbar: *n.* destino, hado. Posiblemente con un matiz tenebroso. Declinación según *umbart-?*. E, AP.

úmea: *adj.* malvado. E.
undóme: *n.* crepúsculo del atardecer. AP.
undu: *adv.* hacia abajo, debajo. E, LG.
undulav-, *pasado* unduláve: *v. e. f.*? *ahogar (lit. lamer hacia abajo). Unduláve CA.
undume: *n.* abismo. M.
ungo: *n.* nube, sombra obscura. E.
ungwale: *n.* tortura. E.
ungwe: *n.* [a] telaraña. AP. [b] obscuridad. E.
unka-: *v. d.* vaciar, ahuecar. E.
úkwétima: *adj.* indescriptible, impronunciable, imposible de decir o poner en palabras. WJ.
unkwa: *adj.* hueco. E.
unkwale: *n.* agonía, muerte. E.
unkwe: *n.* hueco. AP, E.
únótima: *adj.* incontable. Únótime CA.
untúpa-: *v. d.* cubrir (lit. techar hacia abajo). Viene de *undu* + *tópa* (o *túpa*). Untúpa LG.
únyárima: *adj.* imposible de narrar (porque no se conoce del todo o es muy largo). WJ.
úra: *adj.* extenso. E.
úre: *n.* calor. AP
Úrime: *n.* 8.° mes de los calendarios númenóreano y de los senescales, 5.° mes del calendario revisado (aproximadamente agosto). Según la edición la u es larga o corta. La versión correcta es ésta. AP.
Urko, *plural* urkwi: *n.* Orco, originalmente algo que causaba pavor a los Elfos. WJ.
urulóke: *n.* dragón de fuego. E, S.
uskwe: *n.* hedor. E.
úvanima: *n.* *monstruo (criatura de Melkor). E.
úve: *n.* abundancia, gran cantidad. E.
úvea: *adj.* abundante, en gran número, muy grande. E.

V

vá: *part. verbal.* no quiero, no lo hagas. Se usa para expresar el deseo del hablante, pero nunca para acciones futuras del hablante que dependen de la previsión o en valoraciones de la fuerza de las cicunstancias. Puede llevar prefijos de primera persona: *ván*, *ványe*. WJ.

vahta-: *v. d.* manchar. E.

vaia: *n.* envoltura, especialmente el mar exterior y el aire alrededor del mundo. Viene de *w-*. E.

vaire: *n. fem?.* *tejedora. Vairë S.

vaiya: *n.* envoltura, especialmente el mar exterior y el aire alrededor del mundo. Viene de *w-*. E.

vaiwa: *n.* viento. Viene de *w-*. E.

vakse: *n.* mancha. E.

vákwet-, *pasado?* vákwente: *v. e. f.* rehusar, prohibir. WJ.

vala: *n.* poder. E, Valarauko S.

Vala: *n.* uno de los Valar (lit. poderoso). En compuestos *Vali-*. AP, Valimar S.

vala-: *v. d.* utilizar la autoridad divina de los Valar. WJ.

valaina: *adj.* divino, relativo a los Valar. E.

Valakirka: *n.* Osa Mayor (constelación). E.

Valanya: *n.* 6.º día de la semana élfica y 7.º de la númenóreana dedicado a los Valar. AP.

Valarauko, *plural* Valaraukar: *n.* balrog. S.

valarinwa: *adj.* referido a los Valar. WJ.

valasse: *n.* divinidad. E.

Valie: *n. fem.* Vala femenino. S.

valya: *adj.* provisto de poder o autoridad divinos. E.

ván, *plural* vani: *n.* ganso. Viene de *w-*. E.

vanda: *n.* juramento, promesa. CI3.

vanima: *n.* hermoso. C, E, vanimar RR.

vanima: *adj.* hermoso. Tmbién *vanime*. CA, C, E, WJ.

vanta: *n.* paseo. E.

vanta-: *v. d.* caminar. E.

vanwa: *adj.* ido, partido, desaparecido, perdido, pasado. E, LG, WJ.

vanwie: *n.* el pasado, tiempo pasado. E.
vanya: *adj.* hermoso. E, S.
Vanya: *n.* uno de los Vanyar (lit. hermoso). S.
vanya-, *pasado* vanne: *v. d.* ir, partir, desaparecer. Probablemente abandonado. E.
vanyarin: *adj.* referido a los Vanyar. MR.
vára: *adj.* sucio. E.
varda: *adj.* *elevado, sublime. R.
vardarianna: *n.* cierto árbol de Númenóre. CI2.
varna: *adj.* seguro, protegido. E.
varnasse: *n.* seguridad. E.
varne: *adj.* marrón, cetrino (en compuestos varni-). E.
varya-: *v. d.* proteger. E.
Vása: *n.* el sol (lit. consumidor). S.
ve: *adv.* como. LG, M.
vea: *adj.* adulto, varonil, vigoroso. E.
veaner: *n.* adulto. E.
veasse: *n.* vigor. E.
vén: *n.* verdor, juventud, frescura. Viene de *w-*. E.
vende: *n. fem.* doncella. Viene de *w-*. E.
véne: *n.* virginidad. Viene de *w-*. E.
venesse: *n.* virginidad. Viene de *w-*. E.
venya: *adj.* verde, fresco. Viene de *w-*. E.
veo: *n. mas.* hombre. E.
véra: *adj.* personal, privado, propio. Viene de *w-*. PM.
vére: *n.* compromiso, juramento, promesa. E.
verie: *n.* valor, valentía. E.
verka: *adj.* salvaje. E.
verno: *n. mas.* esposo. E.
veru: *n.* pareja casada, marido y mujer. E.
verya: *adj.* valiente. E.
verya-: *v. d.* osar, atreverse. E.
vesse: *n. fem.* esposa. E.
vesta: *n.* matrimonio. E.
vesta-: *v. d.* casarse. E.
vestale: *n.* boda. E.
vie: *n.* madurez, vigor. E.

vil-, ***pasado* ville**: *v. e. f.* volar. Viene de *w-*. E.
ville: *v.* véase *vil-*.
vilma: *n.* aire (como región). Viene de *w-*. E.
vilwa: *adj.* revoloteante, que se mueve de lado a otro. Viene de *w-*. M.
Vilwarin: *n.* Casiopea. Viene de *w-*. S.
vilwarin: *n.* mariposa. Viene de *w-*. S, M.
vilya: *n.* cielo. Viene de *w-*. AP.
vinga: *n.* espuma. Viene de *w-*. M, Vingilóte S.
vingil: *n.* ninfa. Viene de *w-*. E.
vinkarna: *adj.* sanado. MR.
vinta-: *v. d.* desperdigar. PM.
vinya: *adj.* nuevo. MR, Vinyalondë CI2.
vinya-: *v. d.* *instaurar. Envinyatar RR.
Víresse: *n.* 4.° mes de los calendarios númenóreano y de los senescales, 1.° mes del calendario revisado (aproximadamente abril). AP.
vista: *n.* aire (como substancia). E.
vorima: *adj.* continuado, repetido. E.
vórima: *adj.* fiel, firme en la alianza o en el cumplimento de promesas. CI3.
voro: *adv.* siempre, continuamente. En palabras compuestas *vor(o)-*. E.
voronda: *adj.* fiel, firme en la alianza o en el cumplimento de promesas. CI3.
vorongandele: *n.* repetición continuada (lit. nota de arpa repetida). E.
voronwa: *adj.* duradero. E.
voronwe: *n.* firmeza, lealtad, fidelidad. CI3, AP.
voronwie: *n.* resistencia, durabilidad. E.

W

-we: *n.* sufijo personificador normalmente masculino (pero no siempre). PM.
-wen: *n. fem.* doncella. PM, Earwen S.

Y

yá: *adv.* anteriormente. E.
ya: *pron.* *el/la cual. Yassen LG.
yaime: *n.* gemido, lamento. M.
yaimea: *adj.* gimiente. M.
yaiwe: *n.* burla, desdén. E.
yal-: *v. e d.* llamar, convocar. CI3.
yalme: *n.* clamor. E.
yalúme: *n.* antaño, tiempos anteriores. E.
yalúmea: *adj.* pasado, antiguo. E.
yalúmesse: *adv.* había una vez, en una ocasión. E.
yána: *n.* lugar sagrado, santuario. E.
yanga-: *v. d.* bostezar. E.
yanta: *n.* [a] puente. AP. [b] yugo. E.
yanwe: *n.* puente, unión, istmo. E.
yár: *n.* sangre. Declinación según *yar-*. E.
yára: *adj.* antiguo. E.
yáre: *n.* días anteriores. E.
yárea: *adj.* pasado, antiguo. E.
yáresse: *adv.* había una vez, en una ocasión. E.
yarra-: *v. d.* gruñir. M.
yasse: *adv.* había una vez, en una ocasión. E.
yat: *n.* cuello. Declinación según *yaht-*. E.
yatta: *n.* istmo. E.
yavannamíre: *n.* cierto árbol de Númenóre. CI2.
Yavannie: *n.* 9.º mes de los calendarios númenóreano y de los senescales, 6.º mes del calendario revisado (aproximadamente septiembre). AP.
yáve: *n.* fruto. E, S.
yávie: *n.* [a] otoño. AP. [b] 3.º mes del calendario de Imladris. AP.
yaviére: *n.* día especial del calendario de los senescales. AP.
yáwe: *n.* barranco. E.
yé: *intj.* bien. RR.
yello: *n.* grito, grito de triunfo. E.

yelma: *n.* adversión. E.
yelta-: *v. d.* aborrecer, odiar. E.
yelwa: *adj.* aborrecible, odioso. E.
yén: *n.* año élfico (144 años solares). Declinación según *yen-*. MR, E, AP, yéni LG.
yen(de): *n. fem.* hija. E
yénie: *n.* anales. MR.
yenya: *n.* año pasado. E.
yerna: *adj.* viejo, gastado. E.
yerya-: *v. d.* gastar, envejecer. E.
yesta: *n.* deseo. E, yestare AP.
yesta-: *v. d.* *desear. E.
yestare: *n.* primer día del año élfico. AP.
yomenie: *n.* encuentro, reunión (de tres o más viniendo de distintos lugares). WJ.
yondo: *n. mas.* hijo. En compuestos *-ion.* E.
yuale: *n.* crepúsculo. E.
yúkale: *n.* crepúsculo rojizo. E.
yúla: *n.* rescoldo, brasa. E.
yulda: *n.* trago. Yuldar LG.
yulma: *n.* [a] copa. LG, WJ. [b] tea. E.
yulme: *n.* [a] juerga. WJ. [b] calor elevado. E.
yúyo: *pron.* ambos. E.

4. VOCABULARIO CASTELLANO-KWENYA

A

a: *prep.* an, ana, na
a través: *adv.* ter-
a través de: *prep.* ter, tere
abandonar: *v.* hehta-
abertura: *n.* assa
abierto: *adj.* latin, latina, panta
abismo: *n.* undume
abominable: *adj.* saura
aborrecer: *v.* feuya-, yelta-
aborrecible: *adj.* yelwa
abrir: *v.* háka-, panta-, palu-
abrumar: *v.* lumna-
abrupto: *adj.* aikwa
abundancia: *n.* úve
abundante: *adj.* alya, úvea
acabar: *v.* metya-, tyel-
acción de gracias: *n.* hantale
acebo: *n.* erkasse
achicar: *v.* kalpa-
acorde (de arpa): *n.* nandele
acumular: *v.* hosta-
acuoso: *adj.* nenda
ademán: *n.* rinke

adentro: *adv.* mittal
adherente: *adj.* himba
adherir: *v.* himya-
adiós: *intj.* namárie
adorable: *adj.* melima
adulto: *n.* veaner
adulto: *adj.* vea
adversión: *n.* yelma
afilado: *adj.* miha, aika
afirmación: *n.* ekwes
aflojar: *v.* lehta-, leuka-
afortunado: *adj.* herenya
agarrar : *v.* atsa-
agente: *n.* tyaro
ágil: *adj.* tyelka
agitado: *adj.* rúkina
agonía: *n.* kwalme, unkwale
agua: *n.* nén; *sacar agua de: v.* kalpa-
agudeza: *n.* laike
agudo: *adj.* maika, tereva, laike
águila: *n.* sorne, sorno, soron
agujero: *n.* assa, latta
ahí: *adv.* tar
ahogar: *v.* undulav-
ahora: *adv.* sí
ahuecar: *v.* unka-
aire: *n.* vista (*como substancia*), vilma (*como región*)
ala: *n.* ráma
alabanza: *n.* laitale
alabar: *v.* laita-
álamo: *n.* tyulusse; *con muchos álamos: adj.* lintyulussea
alargado: *adj.* taina
alborada: *n.* artuile
alegría: *n.* alasse
alerce (árbol): *n.* fine
alfabeto: *n.* tengwanda
alfarero: *n.* kemnaro, kentano

alfiler: *n.* tankil
alga: *n.* earuile
alguien: *pron.* kwen, námo
aliento: *n.* súle, hwesta
alimento: *n.* apsa
alma: *n.* fea
almohada: *n.* kwesset
almohadón: *n.* nirwa
alondra: *n.* lirulin
alto: *adj.* oro-, tára, tunda, halla
altura: *n.* tárie
alumbrar: *v.* faina-
amado: *adj.* melda
amanecer: *n.* amaurea, auresse
amante: *n. mas.* melindo; *amante de*: -ndil
amante: *n. fem.* melisse
amargo: *adj.* sára
amarillo: *adj.* malina, tulka
ambos: *pron.* yúyo
amiga: *n. fem.* nilde, serme
amigable: *adj.* nilda
amigo: *n.* málo, meldo, seron; *amigo de*: -ser
amigo: *n. mas.* nildo, nilmo, sermo; *amigo de*: -ndil
amistad: *n.* nilme
amo: *n.* heru, tur, turo
amor: *n.* melme
amplio: *adj.* landa, palla
amputar: *v.* aukiri-
anales: *n.* yénie
andar a trancos: *v.* telko-; *que anda a trancos: n.* telkontar
anhelante: *n.* irmo
anhelar: *v.* milya-
anillo: *n.* korma, risil
animales: *n. pl.* kelvar; *animal de cuatro patas*: laman
antaño: *n.* yalúme
anteriormente: *adv.* yá
antiguo: *adj.* enwina, yalúmea, yára, yárea

anuncio: *n.* kanwa
año: *n.* koranar, loa; *año pasado*: yenya; *año élfico: n.* yén
apagar: *v.* sinta-
aparta: *intj.* heka
apartar: *v.* hehta-
apestoso: *adj.* saura
apoyar: *v.* lav-
apresurado: *adj.* tyelka
apuntado: *adj.* nehta
aquél: *pron.* en
aquel: *adj.* enta
aquí: *adv.* sinome
araña: *n.* liante
árbol: *n.* alda (*que se despliega*), orne (*alargado*)
arbolado: *adj.* aldarwa
arbusto: *n.* tussa
arca: *n.* markirya
arco: *n.* kú, kwinga, lúva
arcoiris: *n.* helyanwe
arena: *n.* litse
arpa: *n.* nande; *arpa pequeña*: nandelle; *acorde de arpa*: nandele
arpista: *n.* nandaro, tyalangan
arrastrar: *v.* tuk-
arremolinar: *v.* hwinya-
arroyo: *n.* nelle, kelume
arte: *n.* Karme
artesanía: *n.* tanwe
artesano: *n.* tano
ascensión: *n.* ambaron
así: *adv.* sin
asqueroso: *adj.* saura
astrónomo: *n.* meneldil
atado: *adj.* nauta
atalaya: *n.* tirion
atar: *v.* tak-, nut-
atardecer: *n.* númen

atender: *v.* tir-
aterrorizar: *v.* ruhta-
athelas: *n.* Asea Aranion
atisbar: *v.* tihta-
atormentar: *v.* nwalya-
atrapar: *n.* mapa-
atreverse: *v.* verya-
atrofiar: *v.* nuhta-
atrofiado: *adj.* nauka-
audición: *n.* lasta
aullido de lobo: *n.* naule
aurora: *n.* ára
ávido: *adj.* milka
ay: *intj.* ai, nai
azucena: *n.* indil
azul: *adj.* luine, lúne; *azul celeste*: helwa

B

bailar: *v.* lilta-
bajo: *prep.* nu
balrog: *n.* Valarauko
bancales: *n.* ráva
barba: *n.* fanga
barco: *n.* kirya, lunte
barranco: *n.* aksa, yáwe
base: *n.* sundo, talma
bastante: *adj.* farea
bastar: *v.* farya-
bebé: *n.* lapse
beber: *v.* suk-
bendición: *n.* almare, almie
bendito: *adj.* almárea, aman
bien: *intj.* yé
bienes: *n. pl.* armar
bípedo: *adj.* attalya

bisiesto: *adj.* atendea
blanco: *adj.* fána, lósse, ninkwe
blancura: *n.* ninkwisse
blanquear: *v.* ninkwitá-
boca: *n.* anto, assa, pé
boda: *n.* vestale
boquiabierto: *adj.* fauka
bordadora: *n. fem.?* serinde
borde: *n.* réna, ríma
borrón: *n.* motto
boscoso: *adj.* taurea
bosque: *n.* taure
bostezar: *v.* yanga-
bóveda: *n.* koromindo, telluma, telume
brasa: *n.* yúla
braza: *n.* rangwe
brazo: *n.* ranko
brillante: *adj.* tinda, kalima
brillante: *n.* ankale
brillar: *v.* kalta-, sil-, sisíla- (*frecuentativo*); *brillar blanco*: ilka-, ninkwita-
brillo: *n.* alkar, alkare; *brillo muy intenso*: russe; *con brillo blanco: adj.* silma
brisa: *n.* hwesta
broche: *n.* tangwa, tankil
brotar: *v.* tuia-
brote: *n.* tuima
buena suerte: *n.* alma
burla: *n.* yaiwe

C

caballero: *n.* rokwen
caballo: *n.* rokko
cabellera: *n.* findesse
cabello: *n.* fine, lokse; *cabello enredado*: fasse

cabeza: *n.* kár; *cabeza redonda*: nóla
cabezal: *n.* nirwa
cabo: *n.* mundo
cadáver: *n.* kwelet, loiko
caer: *v.* atalta-, lanta-, talta-
caída: *n.* lanta
calcular: *v.* not-
cálido: *adj.* lauka
calle: *n.* malle
calor: *n.* úre; *calor elevado*: yulme
cama: *n.* kaima
cambiar: *v.* ahya-; *cambiar una cosa grande y pesada*: rúma-
caminar: *v.* vanta-
camino: *n.* men, tea, tie
campana: *n.* nyelle
campanilla de invierno: *n.* nieninkwe
campeón: *n. mas.?* aráto
camuflar: *v.* telta-
canal (de agua): *n.* kelma
canción: *n.* linde, líre
cantante: *n.* lindo, nyello
cantar: *v.* lin-, lir-
canto rodado: *n.* sarnie
capa: *n.* kolla
capucha: *n.* telme
capullo : *n.* losse
cara: *n.* anta
cargante: *adj.* lumna
carne: *n* hrave
carpintero: *n.* samno
casa: *n.* kar, koa; *casa o pueblo amurallado*: opele, peler
casarse: *v.* vesta-
Casiopea: *n.* Vilwarin
caudillo: *n.* aran, haran
causar: *v.* tyar-; causar destellos: *tinta-*
cautividad: *n.* mando
cavidad: *n.* súma

caza: *n.* raime
centelleante: *adj.* itata, tinta
centellear: *v.* tin-, tintina-
centelleo: *n.* tinwe
central: *adj.* endea, enya
centro: *n.* ende
cepo: *n.* neuma
cera: *n.* líko
cerca con pinchos: *n.* karakse
cercado: *n.* panda
cetrino: *adj.* varne
ciclo: *n.* randa
cielo: *n.* elenarda, fanyare, helle, menel, vilya
ciencia: *n.* ingóle, nóle, nolme.
cierre: *n.* tangwa
cima: *n.* aikasse, inga, ingor; *cima de montaña*: orto
cinco: *adj.* lempe
circular: *adj.* rinda
círculo: *n.* rinde
cirio: *n.* líkuma
cisne: *n.* alkwa
ciudad: *n.* opele, peler, *ciudad amurallada: n.* osto
clamor: *n.* yalme
clan: *n.* nóre, nosse
claro: *adj.* kalina
clavar: *v.* kir-
cobre: *n.* russan
cobrizo: *adj.* aira
código de gestos: *n.* hwerme
colapso: *n.* atalante
cólera: *n.* orme
colgar: *v.* linga-
colina: *n.* ambo, tundo
colmillo: *n.* karka
comandante: *n.* káno
comer: *v.* mat-
comerciante: *n.* makar

comerciar: *v.* manka-
comercio: *n.* mankale
comida: *n.* pore; *comida cocinada*: apsa
comienzo: *n.* esse, yesta
como: *adv.* ve
cómo: *pron.* manen
compañera: *n. fem.* oselle
compañero: *n. mas.* otorno
completamente: *adv.* akwa
comprensión: *n.* hande
compromiso: *n.* vére
comunicación: *n.* kenta
concepto: *n.* nó, noa
concha: *n.* hyalma
concluir: *v.* telya-
conclusión: *n.* telma
confuso: *adj.* rúkina
conocimiento: *n.* hande, ista, istya, nóle, nolme; *conocimiento profundo*: ingóle; *conocimiento secreto*: nolwe
consonante fricativa: *n.* surya
consonante oclusiva: *n.* punta
construcción: *n.* ampano, atakwe, kar
construir: *v.* kar-
consumidor: *n.* vása
contable: *adj.* nótima
contar: *v.* not-, onot-
contemplar: *v.* ken-
continuado: *adj.* vorima
continuamente: *adv.* voro
convocar: *v.* yal-
copa: *n.* súlo, yulma
coraje: *n.* huore
corazón: *n.* hón, indo, óre
corona: *n.* rie
coronado: *adj.* rína
correa: *n.* latta
corriente: *n.* kelume

cortar: *v.* hókiri-, kir-, rista-
corte: *n.* hyatse, rista
corto: *adj.* sinta
cosa: *n.* nat; *cosa atesorara*: harma
costa: *n.* falasse
costumbre: *n.* haime
creación: *n.* karme
creación, la: *n.* Ea
creador: *n. mas.* ontaro
creadora: *n. fem.* ontare
crear: *v.* onta-
crecimiento: *n.* loa
crepúsculo: *n.* yuale; *crepúsculo del amanecer*: tindóme; *crepúsculo del atardecer*: undóme; *crepúsculo rojizo*: yúkale
criatura: *n.* onna
cristal: *n.* hyelle
cruel: *adj.* aika, nwalka
cualquiera que sea: *pron.* aikwen
cuatro: *adj.* kanta
cubierta: *n.* telme
cubrir-: *v.* top-, untúp
cuchillada: *n.* kirisse
cuchillo: *n.* sikil
cuello: *n.* yat
cuenco de la mano: *n.* kambe
cuento: *n.* nyarna
cuerno: *n.* rasse, róma, romba, tarka, tilde
cuerpo: *n.* hroa
cuervo: *n.* korko
cuesta abajo: *adj.* penda
cuesta: *n.* pende
cueva: *n.* felya, rondo; *cueva artificial*: hróta
culto: *adj.* istima
cumbre: *n.* orto
cúpula: *n.* koromindo, telluma, telume
curar: *v.* envinya-
curso: *n.* tea

curvar: *v.* kúna-
curvo: *adj.* kúna
custodia: *n.* mando

CH

chispa: *n.* tinwe
chispear: *v.* ita-, tintil-

D

dador: *n. mas.* anto
dadora: *n. fem.* ante
daga: *n.* sikil
dama: *n.* heri, massánie
dar: *v.* anta-
de arriba a abajo: *adv.* telmello telmanna
de nuevo: *adv.* ata, en-
deambular: *v.* ranya-
debajo: *adv.* nún, undu; *hacia abajo: adv.* undu
debajo de: *prep.* nu
débil: *adj.* néka
decir: *v.* kwet-; *narrando un diálogo*: ekwe; *que no debe ser dicho: adj.* avakwétima, avanyárima
declive: *n.* pende
dedo: *n.* lepse
degustar: *v.* tyav-
dejado atrás: *adj.* lemba
delgado: *adj.* ninde, teren, terene
demonio: *n.* arauko, rauko
dentro: *adv.* mittal; *hacia dentro: adv.* minna, mir
dentro de: *prep.* mi; *dentro del*: mí
deporte: *n.* tyalie
derecha: *n.* forte
derecha: *adj.* forya

derrumbado: *adj.* atalantea
derrumbamiento: *n.* atalante
derrumbarse: *v.* atalta-, talta-
desaparecer: *v.* vanya-
desaparecido: *adj.* vanwa
desbordante: *adj.* úlea
descansando: *adj.* senda
descansar: *v.* hauta-, ser-
descanso: *n.* este, sére
descendiente: *n.* indyo
descenso: *n.* núme
descolorido: *adj.* púrea
descubridor: *n.* hire
desde: *prep.* ho
desdén: *n.* yaiwe
deseable: *adj.* írima
desear: *v.* mere-, yesta-
desembocadura: *n.* etsir
deseo: *n.* íre, milme, yesta
desfiladero: *n.* kirya
desierto: *n.* erume
desmoronar: *v.* ruksa-
desnudo: *adj.* helda
desordenado: *adj.* rúkina
desperdigarse: *v.* vinta-
despertante: *adj.* kuivea
despertar: *n.* kuive, kuivie
desplegar: *v.* panta-
despreciable: *adj.* faika
después: *adv.* apa-, ep-
destellar: *v.* mirilya-
destello: *n.* íta, tinde; *destello plateado*: nille; *causar destellos: v.* tinta-
destinado: *adj.* marta
destinar: *v.* martya-
destino: *n.* ambar, maranwe, umbar; *destino final*: manar, mande

desvanecer: *v.* sinta-; *desvanecerse lentamente*: fif
detener: *v.* nuhta-, pusta-, táp-
detestable: *adj.* saura
día: *n.* áre, arya, aure, ré; *días anteriores*: yáre; *prime … del año*: minyen; *último día del año*: kwantien
dicho: *n.* ekwes
diente: *n.* nelet, karka; *hilera de dientes*: anka
diestro: *adj.* formaite
diestro: *n.* maite
diez: *adj.* kainen
dificultad: *n.* tarsa
diminuto: *adj.* pitya, titta
diptongo: *n.* samma
dirección: *n.* men, tea
disminuir: *v.* píka-
disposición de la mente: *n.* inwiste
disputar: *v.* hosta-
divinidad: *n.* valasse
divino: *adj.* valaina; *con poder o autoridad divinos*: valya
doblado: *adj.* kúna
doblar: *v.* kúna-
doble: *adj.* atwa, tanta
doce: *adj.* rasta
dolor fuerte: *n.* naike, naikele
doloroso: *adj.* naikelea
dominar: *v.* tur-
dominio: *n.* túre
don: *n.* anna
doncella: *n. fem.* vende, -wen; *doncella enguirnaldada con resplandor*: rielle
dorado: *adj.* malina, laurea
dormido: *adj.* lorna
dormitorio: *n.* kaimasan
dos: *adj.* atta
dragón: *n.* lóke, angulóke; *dragón acuático*: lingwilóke; *dragón alado*: rámalóke; *dragón de fuego*: urulóke; *dragón resplandeciente*: fealóke

dulce: *adj.* lisse
duplicar: *n.* talya-, tatya-
durabilidad: *v.* voronwie
duración: *n.* lesta
duradero: *adj.* sanda, voronwa
duro: *adj.* norna, tarya

E

echar: *v.* ulya-
eco: *n.* láma, nalláma
edad: *n.* randa; *edad eterna*: oiale, oire, ore
edificio: *n.* atakwe
ejército: *n.* rimbe
el cual: *pron.* ya
elección: *n.* kilme
elefante: *n.* andamunda
elevado: *adj.* arta, oro-, tára, varda
elevar: *v.* orta-
élfico (idioma): *n.* eldarin
Elfo: *n.* Elda, Kwende, Minnóna; *referido a los Elfos en su conjunto: adj.* kwenderin
emitir luz: *v.* faina-
empalizada: *n.* karakse
empinado: *adj.* ambapenda, ampenda
en absoluto: *adv.* lau, laume
en: *prep.* mi; *en el*: mí
en posesión de: *prep.* arwa
enano: *adj.* nauka
Enano: *n.* Kasar, Nauko, Norno; *Enano Mezquino*: Attalya, Pitty-nauko
encantamiento: *n.* lúke
encantar: *v.* luhta-
encender: *v.* tinta-
encontrar: *v.* hir- (*llegar a*), tuv- (*localizar*)
encontrarse: *v.* omet-

encuentro: *n.* omentie, yomenie
enemigo: *n.* kotimo
enfermedad: *n.* kaila, kwáme, líve
enfermizo: *adj.* engwa
enfermo: *adj.* kaimassea, laiwa
enfermo: *n.* kaimasse
engendrador: *n.* nostar
engendrar: *v.* nosta-
engordar: *v.* tiuya-
enorme: *adj.* úvea
enredar: *v.* fasta-
entender: *v.* hanya-
entrada: *n.* ando; *entrada grande*: andon; *entrada al puerto*: londe
entrañas: *n.* súma
entre: *prep.* imbe
envejecer: *v.* yerya-
enviar velozmente: *v.* horta-
envoltura: *n.* vaia, vaiya
equivocado: *adj.* raika
errante: *adj.* ránen
erudito: *adj.* istima
erudito: *n.* istyar
es: *v.* ea
escarcha: *n.* nikse
esclavo: *n.* mól
escribir: *v.* tek-
escuchar: *v.* hlar-, lasta-
escudo: *n.* sanda, turma
ese: *adj.* tana
esférico: *adj.* korna
espada: *n.* hyando, makil; *espada corta*: eket; *espada ancha*: lango
espadachín: *n.* makar
esperanza: *n.* estel
espina: *n.* erka, nasse
espíritu: *n.* faire, fea, súle; *espíritu partido*: manu; *espíritu*

del mar: falmar, falmarin; *espíritu de los bosques*: tavaril, tavaro, tavaron
esponja: *n.* hwan
esposa: *n. fem.* indis, vesse
esposo: *n. mas.* verno
espuma: *n.* falle, rosse, vinga
espumear: *v.* falasta-
establecerse: *v.* mar-
estado de ánimo: *n.* indo
estar: *v.* ná-
este: *adj.* sina
este: *n.* Rómen, Róna
estelar: *adj.* elenya
estorbar: *v.* nuhta-
estrecho: *adj.* arka
estrella: *n.* él, elen, tinwe (*poético*); *estrella brillante*: tingilinde, tingilya; *como estrella: adj.* elvea; *de las estrellas: adj.* elena; *referido a las estrellas: adj.* elenya
estropeado: *adj.* hasteina
estudioso: *n.* istyar
eternamente: *adv.* oiale, tennoio
eternidad: *n.* oio
eterno: *adj.* oira
exaltado: *adj.* arta
excepto: *pron.* hekwa
excluir: *v.* hehta-
exiliado: *n.* hekil
exiliada: *n. fem.* hekile
exiliado: *n. mas.* hekilo
existir: *v.* ná-
expirar: *v.* fíre-
extender: *v.* palu-, palya-
extenso: *adj.* úra
extranjero: *adj.* ettelen
extraviarse: *v.* ranya-
extravío: *n.* ráne

F

familia: *n.* nosse
familiar: *adj.* moina
fantasma: *n.* faire
femenino: *adj.* inimeite, inya
festividad: *n.* asar, meryale
festivo: *adj.* merya
fidelidad: *n.* voronwe
fiel: *adj.* vórima, voronda
fiesta: *n.* meren, merende
figura: *n.* fana; *figuras de escarcha caída*: nikwesse, nikwis
fijar: *v.* panya-
fila de dientes: *n.* karkane
filamento: *n.* lia
filosofía: *n.* nolme
fin: *n.* metta, tyel
final: *n.* mente, metta
final: *adj.* métima, telda, tyelima
finalizar: *v.* telya-
firmamento: *n.* menel
firme: *adj.* sanda, tanka, tulka, vórima, voronda
firmeza: *n.* voronwe
fisura: *n.* sanka
flecha: *n.* pilin
flor: *n* indil, lóte
flotar en el viento: *v.* hlápu-
fluir: *v.* kel-, sir-
flujo: *n.* kelume
follaje: *n.* olassie
fonema: *n.* hlone
fonético: *adj.* hloníte
fornido: *adj.* polda
fortaleza: *n.* arta, osto, sarne
fortuna: *n.* heren
fragante: *adj.* nísima
frecuente: *adj.* rimba

fresco: *adj.* venya
frescura: *n.* vén
frío: *adj.* ninkwe, ringa.
frío: *n.* nikwe, ringe; *hacer frío: v.* nikw-
frondoso: *adj.* lillassea
fruto: *n.* yáve
fuego: *n.* nár
fuego fatuo: *n.* loikolíkuma
fuente: *n.* ehtele
fuera: *adv.* ette, et-, hekwa
fuera: *intj.* heka
fuera de: *prep.* ara, ava, et, hekwa
fuerte: *adj.* polda, poldórea, tarya, tulka, turka
fuerza: *n.* poldore, *fuerza física*: tuo
fundamento: *n.* talma

G

gancho: *n.* ampa
ganchudo: *adj.* rempa
ganso: *n.* ván
garantizar: *v.* lav-
garganta (del cuello): *n.* lanko
garganta montañosa: *n.* kilya
garra: *n.* rakka
gastado: *adj.* yerna
gastar: *v.* yerya-
gaviota: *n.* maiwe
gemelo: *adj.* onóna
gemelo: *n.* onóna
gemido: *n.* miule, yaime
generoso: *adj.* faila
gente: *n.* kweni, lie
gigante: *n.* norsa
gimiente: *adj.* yaimea
girado: *adj.* kwerna

girar: *v.* hwinya-, kwer-, pel-
globo: *n.* koron
gloria: *n.* alkar, alkare
glorioso: *adj.* alkarin, alkarinkwa
gobernador: *n.* káno
gobernar: *v.* tur-
gobierno: *n.* heren
golondrina: *n.* tuilindo
golpeador: *n.* tambaro
golpear: *v.* palpa-, tamba-; *dar un golpecito*: tam-
gordo: *adj.* tiuka
gota: *n.* limba
grado: *n.* tyelle
gramática: *n.* tengwesta
gran cantidad: *n.* úve
grande: *adj.* alta; *muy grande*: úvea
granizo: *n.* helkelimbe
grieta: *n.* hyatse, kilya
gris: *adj.* hiswa, mista, sinda, sinde
grito, grito de triunfo: *n.* yello
gruesa (144): *n.* hosta
grueso: *adj.* tiuka
gruñir: *v.* yarra-
gruta pequeña: *n.* rotto
guardia: *n.* halatir
guerra: *n.* ohta
guerrero: *n.* mahtar, ohtatyaro
guirnalda: *n.* ría
gula: *n.* milme
gusto: *n.* tyáve; *gusto por la forma y la sonoridad de las palabras*: lámatyáve

H

había una vez: *adv.* yalúmesse, yáresse, yasse
hábil: *n.* maite

habilidad: *n.* kuru; *habilidad innata*: inwiste; *habilidad mágica*: nolfine
habitación: *n.* sambe
hablante: *n.* kwende
hablar: *v.* kwet-
hacedor: *n.* tyaro
hacer: *v.* kar-
hacia: *prep.* an, ana, na; *hacia abajo: adv.* undu; *hacia arriba: adv.* ama, amba; *hacia atrás: adv.* nan-; *hacia dentro: adv.* minna, mir; *hacia lo lejos: adv.* oar
hado: *n.* manar, mande, umbar
halcón: *n.* fion
harina: *n.* pore
hasta: *prep.* tenna
haya: *n.* feren, ferne; *de haya: adj.* ferinya
hayuco: *n.* farna
hechizar: *v.* luhta-
hecho: *adj.* karna
hedor : *n.* uskwe
helado: *adj.* helka
helar: *v.* niku-, nikw-
hembra: *n.* ní
hendedor: *n.* hyando
hendidura: *n.* sanka
hendir: *v.* hyar-
heredero: *n.* aryon, haryon
herida: *n.* harwe
herido: *adj.* harna
herir: *v.* harna-
hermana: *n. fem.* onóne, oselle, seler
hermandad: *n.* otornasse
hermano: *n. mas.* onóro, otorno, toron
hermanos gemelos: *n. pl.* ónoni
hermoso: *adj.* linda, vanima, vanya
hermoso: *n.* vanima
héroe: *n.* kallo
herrero: *n.* tano

hielo: *n.* helke
hierro: *n.* anga; *de hierro: adj.* angaina
hijo: *n.* hín, hína, hina, sén; *hijo mio: voc.* hinya, senya
hija: *n. fem.* ? yen, yende; *hija de*: -rel
hijo: *n. mas.* ? yondo; *hijo de*:-ion
hilera: *n.* líre, téma
hilo de araña: *n.* lia
hincharse: *v.* tiuya-
historia: *n.* kwenta, kwentale, lúmekwentale, lumenyáre
histórico: *adj.* lúmekwentalea
hocico: *n.* mundo
hogar: *n.* már
hoja: *n.* asea, lasse, *hoja de espada*: russe; *con forma de hoja: adj.* lassekanta
hojoso: *adj.* lassea; *muy hojoso*: lillassea
Hombre: *n.* Atan, Apanóna, Engwa, Firima, Fíria, Hildo
hombre: *n. mas.* hanu, veo; *hombre adulto*: nér; *hombre eminente*: aráto
hombre lobo: *n.* nauro
hombre de origen númenoréano: *n.* tarkil
hongo: *n.* hwan
hora: *n.* lúme
hornear: *v.* masta-
hostil: *adj.* kotya
hoyo: *n.* latta
hoz: *n.* kirka
hueco: *n.* unkwe
hueco: *adj.* unkwa
huella: *n.* runya
hueso: *n.* akso
hueste: *n.* rimbe
humano: *adj.* firya
húmedo: *adj.* níte

I

idea: *n.* intya, nó, noa; *idea fija*: selma
idioma: *n.* kwetil
ido: *adj.* lende, vanwa
iluminar: *v.* kalya-
imaginación: *n.* intyale, nause
imperecedero: *adj.* oia
impronunciable: *adj.* únkwétima
impulsivo: *adj.* hórea
impulso: *n.* hóre
in-: *adv.* ú-
inamovible: *adj.* tulka
incitación: *n.* siule
inclinación: *n.* talta
inclinado: *adj.* penda, talta
inclinarse: *v.* talta-
incontable: *adj.* únótima
indescriptible: *adj.* únkwétima
indicación: *n.* tengwe
indicar: *v.* tana-
individuo : *n.* kwen
inenarrable: *adj.* únyárima
inferior: *adj.* nur
inmaculado: *adj.* alahasta
inmortal: *adj.* ilfirin
innumerable: *adj.* avanóte
instaurar: *v.* vinya-
instigación: *n.* siule
instruido: *adj.* nóla
intelecto: *n.* handele
inteligencia: *n.* handasse
inteligente: *adj.* handa
interior: *adj.* mitya
interpretación de arpa: *n.* nandele
introspectivo: *adj.* terkenya
inundación: *n.* ulunde

invención: *n.* aule
inventar: *v.* auta-
invertido: *adj.* nukwerma
invierno: *n.* hríve
ir: *v.* lelya-, linna-, vanya-; *ir a buscar*: tulta-; *ir rápidamente*: horta-
ira: *n.* aha
isla: *n.* lóna, tol
istmo: *n.* yanwe, yatta
izquierda: *adj.* hyarya

J

jabón: *n.* lipsa
jefe: *n.* héra, káno
jornada: *n.* arie, ré
joroba: *n.* tumpo
joven: *adj.* nessa
joya: *n.* míre; *joya brillante*: miril
juego: *n.* tyalie
juerga: *n.* yulme
jugar: *v.* tyal-
junco: *n.* sara
juntar: *v.* hosta-
junto: *adv.* o-
junto: *adj.* ó-
junto a: *prep.* ara
Júpiter (planeta): *n.* Alkarinkwe
juramento: *n.* vanda, vére
juvenil: *adj.* nessima
juventud: *n.* nése, nesse, vén
justo: *adj.* faila

L

ladera: *n.* amban
lago: *n.* ailin, ringe
lágrima: *n.* nie, níre
laguna: *n.* ailin, linya, nende, ringe
lamentar: *v.* naina-
lamento: *n.* nainie, naire, yaime
lamer: *v.* lapsa- (*repetidamente*), lav- (*una vez*)
lámina: *n.* asea
lámpara: *n.* kalma
lana: *n.* tó; *de lana: adj.* toa
lancero: *n.* ehtyar
lanza: *n.* ehte, ekko
largamente: *adv.* andave
largo: *adj.* anda
lealtad: *n.* voronwe
legal: *adj.* sanya
legua: *n.* lár
lejano: *adj.* avahaira, ekkaira, haira
lejos: *adv.* palan, oa; *hacia lo lejos*: oar
lembas: *n.* koimas
lengua: *n.* lamba (*órgano*), lambe (*idioma*)
lenguaje: *n.* tengwesta, tengwestie
león: *n.* rá
letra de Feanor: *n.* tengwa
letra de Rúmil: *n.* sarat
levantar: *v.* amorta-
ley: *n.* aksan, namna, sanye
libre: *adj.* mirima; *libre de mal*: aman
libro: *n.* parma
límete: *n.* réna, ríma
limpio: *adj.* poika
linaje: *n.* nosse
línea: *n.* tie; *línea recta*: tea
liso: *adj.* pasta
lobo: *n.* narmo, ráka

loma: *n.* nóla
losa: *n.* ambal
luchar: *v.* mahta-
lugar: *n.* men; *lugar sagrado*: yána; *lugar salvaje*: ráva
lujuria: *n.* maile
lujurioso: *adj.* mailea
luna, la: *n.* Isil, Rána
luz: *n.* kále, sikil; *luz brillante*: rilma; *luz de estrellas*: ilma; *luz de luna*: isilme; *luz solar*: áre, aure

LL

llama: *n.* nár, náre; *llama roja*: runya; *color de las llamas: adj.* kulda, kulina
llamar: *v.* tulta-, yal-
llano: *adj.* lára
llanura irrigada: *n.* nanda
llegar: *v.* tul-
llenar: *v.* kwat-
lleno: *adj.* -inkwa, kwanta
llevar un arma: *v.* mahta-
lluvia fina: *n.* miste, rosse

M

mácula: *n.* mordo
maculado: *adj.* hasteina, sahta
madera: *n.* tavar; *de madera: adj.* taurina
madre: *n. fem.* amil, mamil, ontare
madrugada: *n.* tuile; *de madrugada: adv.* arinya
madurez: *n.* vie
maestro: *n.* hér
magia: *n.* ingóle
mago: *n.* istar, kurumo, sairon
maleable: *adj.* maksa

mallorn: *n.* malinorne
malvado: *adj.* nulka, úmea
mamá: *n. fem.* amme
manantial: *n.* ehtele
manar (agua): *v.* kel-
mancha: *n.* vakse
manchado: *adj.* púrea
manchar: *v.* vahta-
manchón: *n.* motto
mandíbula: *n.* anka, nangwa
manejar: *v.* mahta-
mano: *n.* má
mañana: *n.* arin
máquina: *n.* tanwe
mar: *n.* aire, ear
marca: *n.* tehta; *marca débil*: tikse; *marca larga*: andatehta
marchitamiento: *n.* kwelle
marchitar: *v.* fir-
márgen: *n.* réna, ríma
marinero: *n.* earendur, kiryakwen, kiryamo
mariposa: *n.* vilwarin
marrón: *adj.* varne
Marte (planeta): *n.* Karnil
martillar: *v.* namba-
martillo: *n.* namba
martín pescador: *n.* halatir, halatirno
más allá de: *post.* pella
masa: *n.* makse
masculino: *adj.* hanuvoite, hanwa
mástil: *n.* farna, tyulma
matemático: *n.* onótimo
materia: *n.* erma; *materia física*: orma
matrimonio: *n.* vesta
mecanismo: *n.* tanwe
mechón: *n.* finde
medida: *n.* lesta
medio: *adj.* endea, endya, enya, perina, perya

medio: *n.* ende
Medio Elfo: *n.* Perelda
melodía: *n.* linde
melodioso: *adj.* linda
mengua: *n.* kwelie
menguar: *v.* píka-
mente: *n.* indo
Mercurio (planeta): *n.* Elemmíre
mes: *n.* asta
metal: *n.* rauta, tinko
miel: *n* lis
ministro: *n.* arandur
mirad: *intj.* ela
modelado: *adj.* kanta
modelar: *n.* kanta-
mojado: *adj.* linkwe, miksa, nenda
momento dado: *n.* asar
monstruo: *n.* ulundo, úvanima
montaña: *n.* oron
montículo: *n.* koron, kumbe
montón: *n.* hahta
morada: *n.* imbar, már, farne
morar: *v.* mar-
morder: *v.* nak-
mordisco: *n.* nahta
moreno: *adj.* nulla
morir: *v.* fir-
mortal: *adj.* fírima
mortal: *n.* fire
mortecino: *adj.* néka
mostrar: *v.* tana-
mover: *v.* rihta-, rúma- (*cosas grandes y pesadas*)
movimiento: *n.* koire
muchos: *adj.* li(n)-
muerte: *n.* kwalme, nuru, unkwale; *muerte natural*: faire
muerte, la: *n.* Nuru
muerto: *adj.* kwalin; *muerto por causa natural*: firin

mujer: *n. fem.* ní, nís, nisse, -iel
multitud: *n.* sanga
mundo: *n.* Ambar
murmurar: *v. nurru-*
muro: *n.* ramba
músculo: *n.* tuo
música: *n.* lindele
muslo: *n.* tiuko
muy: *adv.* li(n)-

N

naranja: *n.* kuluma
naranja: *adj.* kuluina
naranjo: *n.* kulumalda
nariz: *n.* mundo, nengwe
narrador: *n.* kwentaro
nasal: *adj.* nengwea
navegar: *v.* kira-
neblina: *n.* hísie
necesidad: *n.* maure
néctar: *n.* miruvóre
negar: *v.* lala-
negro: *adj.* more, morna
negrura: *n.* móre
niebla: *n.* hiswe
nieto: *n.* indyo
nieve: *n.* nikwe; *nieve caída*: losse; *(toda) la nieve caída*: olosse
ninfa: *n.* vingil, falmar, falmarin
niña: *n. fem.?* selda
niño: *n.* selde
niño: *n. mas.?* seldo
no: *adv.* il-, lá, lala, ú-
no estar: *v.* um-
no hacer: *v.* um-; no hacer (imperativo): *v.* áva-, vá-
no ser: *v.* um-

noble: *adj.* faila, oro-, tára
noble: *n.* arkwen, kallo
noche: *n.* ló, lóme, móre
noche, la: *n.* Fui, Hui
nombrar: *v.* esta-
nombre: *n.* esse; *nombre añadido*: anesse; *nombre materno*: amilesse; *segundo nombre*: epesse
normal: *adj.* sanya
norte: *n.* Formen, Forte
norteño: *adj.* formenya
nube: *n.* ungo; *nube blanca*: fána, fanya; *nube obscura*: lumbo
nudo: *n.* narda, núte
nueve: *adj.* nerte
nuevo: *adj.* sinya, vinya
número: *n.* nóte; *gran número: n.* rimbe, hosta
numeroso: *adj.* rimba; *muy numeroso*: úvea

O

objeto fabricado: *n.* tanwe
objeto precioso: *n.* míre
obligación: *n.* mausta
obligado: *adj.* nauta
obligar: *v.* mauya-
obra: *n.* karne
obscuridad: *n.* huine, lúme, móre, mornie, ungwe
obscuro: *adj.* lóna, morna, nulla
observador: *n.* -tir
observar: *v.* tir-
ocasión: *n.* lú
occidental: *adj.* númenya
occidente: *n.* númen
ocho: *adj.* tolto
ocultamiento: *n.* nurtale
ocultar: *v.* halya-, nurta-, telta-

oculto: *adj.* halda, muina
odiar: *v.* yelta-
odioso: *adj.* yelwa
oeste: *n.* Andúne, Númen
oficio: *n.* kurwe
oh: *intj.* a
ojalá: *adv.* nai
ojo: *n.* hen; *de ojo maligno: adj.* henulka
ola: *n.* falma
oleaje: *n.* solor
olmo: *n.* alalme, lalme
olor: *n.* holme
olvidar: *v.* hehta-
ominoso: *adj.* lumna
once: *adj.* minkwe
opresivo: *adj.* lumna
Orco: *n.* Orko, Urko
orden: *n.* heren, kanwa
ordenar: *v.* tur-
oreja: *n.* lár
oriental: *adj.* rómenya
oriente: *n.* Ambaron, Ambaróne
orilla: *n.* hyapat; *orilla de rio*: ráva
Orión: *n.* Menelmakar
oro: *n.* malda, malta, laure; *oro rojo*: kullo
Osa Mayor: *n.* Otselen, Valakirka
osar: *v.* verya-
oso: *n.* morko
otoño: *n.* lasselanta, narkwelion, yávie
otra vez: *adv.* ata
oveja: *n.* máma

P

padre: *n.* atar, nostar
padre: *n. mas.* ontaro

padres: *n. pl.* ontani
país: *n.* nóre, nórie
paja: *n.* tupse
pajarillo: *n.* aiwe, filit
pájaro: *n.* lindo; *pájaro amarillo*: ambale, ammale; *pájaro carpintero*: tambaro
palabra: *n.* kwetta
pálido: *adj.* malwa, marya, ninkwe
paloma: *n.* ku, kua
pan: *n.* masta
papá: *n. mas.* atto
páramo: *n.* ráva
parar: *v.* hauta-
pareja casada: *n. dual.* veru
pariente: *n. mas.* onóro
pariente: *n. fem.* onóne
parte posterior: *n.* telle
partido: *adj.* vanwa
partir: *v.* hyar- (*romper*), kel-, auta-, vanya- (*salir*)
pasado: *adj.* vanwa, yalúmea, yárea
pasado: *n.* vanwie
pasar: *v.* auta-
paseo: *n.* vanta
paso: *n.* kirya, ranga (*medida*)
pasto: *n.* salkwe
pausa: *n.* pusta; *hacer una pausa: v.* hauta-
paz: *n.* sére; *en paz: adj.* senda
pececillo: *n.* hala
pedernal: *n.* sinka
pegar a: *v.* himya-
pelear: *v.* kosta-
pelo: *n.* fine, lokse
pelota: *n.* koron
peludo: *adj.* finda
pender: *v.* linga
pendiente ascendente: *n.* amban, ampende
penetrante: *adj.* maika, tereva

pensamiento: *n.* ósanwe
pequeño: *adj.* titta; *muy pequeño*: pitya
percepción: *n.* terken
perceptivo: *adj.* terkenya
perdido: *adj.* vanwa
perforación: *n.* assa
permanecer: *v.* termar-
permitir: *v.* lav-
pero: *conj.* ná, nan
pero sin embargo: *conj.* ananta
perro: *n.* huo; *perro de caza*: huan, ronyo
perseguir: *v.* roita-
persona: *n.* erde, kwén, námo
personal: *adj.* véra
perspicacia: *n.* laike
perspicaz: *adj.* hendumaika
pesado: *adj.* lumna, lunga
pesar en el ánimo: *v.* lumna-
pez: *n.* lingwe
pie: *n.* tál
pico: *n.* aikale
piedra: *n.* ondo; *piedra pequeña*: sar; *de piedra: adj.* sarna
piel: *n.* helma
pierna: *n.* telko
pila: *n.* hahta, kumbe
pilar: *n.* tarma
pinchar: *v.* erka-, nasta-
pincho: *n.* nasse
pivote: *n.* peltas
placer: *n.* tyáve
planta: *n.* olva; *planta trepadora o que se extiende*: uile
planta del pie: *n.* tallune
plata: *n.* silme, telpe, tyelpe; *de plata: adj.* telemna, telpina
plateado: *adj.* tinda, tyelperin
playa: *n.* falasse, hresta
plegaria: *n* kyerme

plenitud: *n.* fáre
pluma: *n.* kwesse, tekil (*de escribir*)
poder: *n.* túre, vala
poderoso: *adj.* meletya, taura, turka
poema: *n.* laire
polen: *n.* malo
polvo: *n.* asto; *polvo amarillo*: malo
ponerse (el sol o la luna): *v.* núta-
por: *prep.* ter, tere
porque: *conj.* an
portador: *n.* kolindo
portón: *n.* andon
poseer: *v.* harya-
posesiones: *n. pl.* armar
poste de madera: *n.* samna
precepto: *n.* aksan
precipitación: *n.* orme
precipitado: *adj.* naraka, orna, rimpa
predecir: *v.* apaken-
preguntar: *v.* makwet-
predicción: *n.* apaken
predictivo: *adj.* apakenya
primario: *adj.* essea
primavera: *n.* tuile
primero: *adj.* esta, inga, minya
princesa: *n.* aranel
principal: *adj.* essea
príncipe: *n.* haryon, kundu
prisión: *n.* mando
privado: *adj.* véra
proa de un barco: *n.* lango
problema: *n.* tarsa
procrear: *v.* onta-
profundo: *adj.* núra, tumna
prohibir: *v.* ava-, avakwet-, vákwet-
prolongación: *n.* taile
prolongar : *v.* taita-

promesa: *n.* vanda, vére
prominente: *adj.* minda
propio: *adj.* véra
proscrito: *n.* hekil
proscrito: *n. fem.* hekile
proscrito: *n. mas.* hekilo
prosperidad: *n.* alma
próspero: *adj.* alya
proteger: *v.* varya-
protegido: *adj.* varna
proverbio: *n.* ekwes
pueblo: *n.* lie
pueblo de los Elfos: *n.* Eldalie, Kwendelie
pueblo de los Enanos: *n.* Kasallie, Naukalie, Nornalie
pueblo de los Teleri: *n.* Telelli, Telellie
puente: *n.* yanta, yanwe
puerta: *n.* ando
puerto: *n.* hópa, londe
pues: *conj.* an
puesta de sol: *n.* andúne, núro
punta: *n.* aikale, nasta, tilde; *punta de lanza*: nasta; *algo terminado en punta: n.* mehte
puntiagudo: *adj.* aika
punto: *n.* tikse, putta; *punto y aparte*: pusta
puño: *n.* kwár
puro: *adj.* poika
pútrido: *adj.* saura

Q

que: *pron.* i
qué: *pron.* man; *qué es*: mana
quejido: *n.* miule
querer: *v.* mel-
querido: *adj.* melda, moina
quién: *pron.* man; *quién es*: mana

R

ráfaga de aire: *n.* hwesta
raíz: *n.* sulka, sundo
rama: *n.* olwa
rapidez: *n.* hortale
rápido: *adj.* alarka, larka, linta, tyelka
rasgar: *v.* narki-
rata: *n.* nyano
rayo de luz: *n.* alka
raza: *n.* nóre
realista: *n.* arandil
rechazar: *v.* ava-, avakwet-
recinto: *n.* panda; *recinto circular*: korin
recipiente para agua: *n.* kalpa
recoger: *v.* tulta-
recordar: *v.* enyal-
recto: *adj.* téra
recubrir: *v.* telta-
recuerdo: *n.* enyalie
red: *n.* natse, rembe
redondo: *adj.* korna
refugio: *n.* hopasse
regalo: *n.* anna
región: *n.* arda, ména
regla: *n.* aksan, sanye
regresar: *v.* entul-, pel-
regular: *adj.* sanya
rehusar: *v.* ava-, vákwet-
reina: *n. fem.* tári
reino: *n.* arda
reinstaurador: *n.* envinyatar
reinstaurar: *v.* envinya-
reír: *v.* lala-
relatar: *v.* nyar-
relato: *n.* kwentale, nyáre; *relato cronológico*: lúmekwenta
rellenar: *v.* enkwat-

relucir: *v.* ilka-
remolino: *n.* hwinde
remoto: *adj.* avahaira, ekkaira, haira
renovado: *adj.* envinyanta
renovar: *v.* envinya-
repetición continuada: *n.* vorongandele
repetido: *adj.* vorima
repetir: *n.* talya-
rescoldo: *n.* yúla
resistencia: *n.* voronwie
resistente: *adj.* norna, tarya
resonante: *adj.* lámina
respirar: *v.* súya-
resplandor: *n.* alkar, alkare, alata, faire, nalta, rilya
retorno: *n.* entulesse
retumbar: *v.* nurru-
reunión: *n.* yomenie
reunir: *v.* hosta-
revoloteante: *adj.* vilwa
rey: *n.* aran, tár; *rey supremo*: ingaran; *mi rey: voc.* tarinya
riachuelo: *n.* siril
rico: *adj.* alya, herenya
río: *n.* luine, síre
riqueza: *n.* alma
roble: *n.* norno; *con muchos robles: adj.* lindornea
rocío: *n.* rosse
rodear: *v.* pel-
rojizo: *adj.* roina
rojo: *adj.* aira, karne, nasar (*poético*); *rojo ardiente*: narwa; *rojo dorado*: kulda, kulina
romper: *v.* rak-; *romper en piezas*: terhat-; *romper por la mitad*: hat-
rostro: *n.* anta
rubicundo: *adj.* aira
rugido: *n.* ráve
rugiente: *adj.* rávea
ruido de tormenta: *n.* raumo

ruinoso: *adj.* atalantea
ruiseñor: *n.* lómelinde, morilinde, tindómerel
runa: *n.* Kerta

S

saber: *v.* ista-; *saber sobre*: hanya-
sabiduría: *n.* ingóle, nolwe
sabio: *n.* ingólemo, ingolmo, istar
sabio: *adj.* istima, nóla, nolmo
sacar agua de: *v.* kalpa-
sacudida: *n.* rinke
sacudir: *v.* rihta-
saga: *n.* nyáre
sagrado: *adj.* aina, aira
sala: *n.* marde; *sala de madera*: ampano
salida del sol: *n.* ambaron, anaróne, rómen
salir: *v.* hek-, hótuli-, kel-
saliva: *n.* piuta
salvaje: *adj.* hravin, merka, verka
salve: *intj.* aiya
sanado: *adj.* vinkarna
sangre: *n.* serke, yár
santidad: *n.* aire
santuario: *n.* yána
Saturno (planeta): *n.* Lumbar
sauce: *n.* tasar, tasare
sea: *v.* ea
seco: *adj.* parka
secreto: *n.* muile
secreto: *adj.* muina, nulda, nulla
sediento: *adj.* fauka
seguidor: *n.* hilde, neuro
seguir: *v.* hilya-
segundo: *adj.* neuna, tatya
seguridad: *n.* varnasse

seguro: *adj.* tanka, varna
seis: *adj.* enkwe
semana: *n.* enkwie, lemnar (*valinoreana*)
sembrar: *v.* rer-
semilla: *n.* erde
sendero estrecho: *n.* aksa
sendero del sol: *n.* númen
senescal: *n.* arandur
seno: *n.* palúre
sentarse: *v.* har-
señor: *n.* haran, hér, heru, tur, turo; *señor de*:-on
señora: *n.* heri
septentrional: *adj.* formenya
ser: *n.* eala; *ser encarnado*: mirroanwe; *ser vivo*: kuile
ser: *v.* ná-; *ser capaz de tratar con*: hanya-; *ser sabio*: saira-; *ser último*: tele-
serie: *n.* téma
serpiente: *n.* ango, hlóke, leuka; *serpiente marina*: lingwilóke
siempre: *adv.* oi, voro
siete: *adj.* otso
siglo: *n.* haranye
signo: *n.* tanna, tehta, tengwe
sílex: *n.* sinka
sin: *prep.* ava
sin embargo: *conj.* ná, nan
singularidad: *n.* erde
sirope: *n.* pirya
sirviente de: *n. mas.* -ndur
sistema de escritura: *n.* tenkele
sistema de signos: *n.* tengwesta
sobre: *prep.* or
sobrenombre: *n.* epesse
sol, el: *n.* Anar, Ankale, Aryante, Vása
soledad: *n.* eresse
soldado: *n.* ohtar
solitario: *adj.* eressea

solo: *adj.* er
soltar: *v.* lehta-, leuka-
sombra: *n.* laime, lóme, lumbe, mordo; *sombra de un objeto*: leo; *sombra obscura*: ungo; *sombra profunda*: fuine, huine, lumbule
sombrío: *adj.* laira, lómea, morna; *muy sombrío*: lilómea
sonar: *v.* lamya-
sonido: *n.* hlone, lamma; *sonido alto*: róma; *sonido de una cuerda tensa al soltarse*: tango, tinge; *sonido de trompeta*: róma; *sonido musical*: linde; *sonido resonante*: láma
soñador: *adj.* olosta
soñar: *v.* óla-
soplar: *v.* hwesta-
soporte: *n.* tulko
sorber: *v.* salpa-
suave: *adj.* pasta
subida: *n.* óre
sublime: *adj.* varda
sucesor: *n.* neuro
sucio: *adj.* vára
suelo: *n.* kemen, kén. talan
sueño: *n.* lóre, olor; *sueño élfico*: olos
suficiencia: *n.* fáre
suficiente: *adj.* farea
sujetar: *v.* tak-
superficie: *n.* palme, palúre
superior: *adj.* tar
suponer: *v.* intya-
suposición: *n.* intya
suprimir una parte: *v.* aukiri-
sur: *n.* Hyarmen
sureño: *adj.* hyarmenya
susurrar: *n.* lussa-
susurro: *n.* lusse

T

tajo: *n.* hyatse, kirisse
talentoso: *n.* kurumo
tallo: *n.* telko
tañido: *n.* tango, tinge
tapar de la luz: *v.* halya-
tapón: *n.* tampa
tarde noche: *n.* sinye
tea: *n.* yulma
techar: *v.* tópa-
techo: *n.* telume, tópa; *techo de paja*: tukse
tejado: *n.* tópa
tejedora: *n. fem.?* vaire
tejer: *v.* lanya-
tejido: *n.* lanne
tela: *n.* lanne, natse
telar: *n.* lanwa
telaraña: *n.* líne, ungwe
temer: *v.* aista-
temor reverencial: *n.* áya
temple: *n.* indo
temprano: *adv.* arinya
tenebroso: *adj.* morna
temple: *n.* indo
tenso: *adj.* tunga
tercero: *adj.* nelya
terminar: *v.* tele-
término: *n.* mente
terrible: *adj.* aika, rúkima
terror: *n.* osse; *sentir terror: v.* ruk-
tesorería: *n.* harwe
tesoro: *n.* harma, harwe, míre
tiempo: *n.* lúme; *tiempo pasado*: vanwie
tierra: *n.* kemen, nóre; *tierra difícil de alcanzar*: lóna; *tierras exteriores*: ettele; *tierra firme*: nór; *tierra de*: -ndóre; *color tierra: adj.* malwa; *de tierra: adj.* kemina

Tierra Media: *n.* Endor, Endóre
tilde: *n.* tekko
tiniebla: *n.* huine, lumbe
tirante: *adj.* tunga
tocar el arpa: *v.* nanda-
tocar un instrumento: *v.* tyal-
todo: *n.* ilkwa
todo: *adj.* ilya
todo el mundo: *pron.* ilkwen
todo lo contrario: *adv.* lau, laume
toldo: *n.* telume
torcido: *adj.* hwarin, raika, rempa
tormento: *n.* nwalme
toro: *n.* mundo
torre: *n.* tirion; *torre alta o noble*: mindon; *torre aislada*: mindo
torrente: *n.* kelusse
tortura: *n.* ungwale
totalidad: *n.* ilya, ilu, ilúve
trabajar duramente: *v.* móta-
traer: *v.* tuk-
trago: *n.* suhto, yulda
trama textil: *n.* lanat
trampa: *n.* neuma
travesaño: *n.* hwarma
trenza: *n.* finde
tres: *adj.* nelde
triángulo: *n.* nasta, neltil
trompeta: *n.* hyóla, romba
trono: *n.* mahalma; *trozo de madera tallado*: pano; *trozo de madera sin trabajar*: runda
tumba: *n.* noire

U

último: *adj.* métima, oilima, telda, tella
umbral: *n.* fenda

ungüento: *n.* laive
único: *adj.* erya
Único, el: *n.* Eru
unión: *n.* yanwe
universo: *n.* ilu, ilúve
uno: *adj.* mine
uña: *n.* takse
Urano: *n.* Nenar
urgencia: *n.* horme
útil: *adj.* mára

V

vaciar: *v.* unka-
vacío: *adj.* kumna, lusta
vacío, el: *n.* Kúma
vagabundeo: *n.* ráne
vagar: *v.* mista-
vago: *adj.* néka
Vala femenino: *n. fem.* Valie
valentía: *n.* verie
valiente: *n.* astaldo
valiente: *adj.* kanya, verya
valle: *n.* nande; *valle profundo*: tumbo; *valle muy profundo*: tumbale
valor: *n.* káne, verie
varonil: *adj.* vea
vasija: *n.* sungwa
vega: *n.* nanda
velado: *adj.* halda
velar: *v.* halya-
velocidad: *n.* hortale
vencedor de: *n.* -ndakil
veneno: *n.* sangwa
venir: *v.* tul-
Venus (planeta): *n.* Earendil, Tankol

ver: *v.* ken-
verano: *n.* laire
verdadero: *adj.* anwa, sanda
verde: *adj.* laika, venya
verderón: *n.* ambale, ammale
verdor: *n.* vén
verter: *v.* ulya-
vestimenta: *n.* kolla
vez: *n.* lú
viajar: *v.* lelya-
víbora: *n.* hlóke
vibrar: *v.* tinga-
victoria: *n.* túre
vida: *n.* kuile
viejo: *adj.* linyenwa, yerna
viento: *n.* súre, vaiwa
vientre: *n.* kumba
vigilancia: *n.* halatir
vigilar: *v.* tir-
vigor: *n.* tuo, veasse, vie
vigoroso: *adj.* vea
vino: *n.* limpe
violencia: *n.* orme
violento: *adj.* naraka
virginidad: *n.* véne, venesse
visión: *n.* olos
vista: *n.* ken
viviente: *adj.* koirea
vivo: *adj.* kuina
vocal: *n.* óman
volante: *adj.* rimpa
volar: *v.* vil-
voluntad: *n.* selma
voz: *n.* óma
vuestra majestad: *voc.* Aran Meletyalda

W

Wose: *n.* Rú, Rúatan

Y

y: *conj.* ar
yacer: *v.* kaita-
yelmo: *n.* kassa; *yelmo númenóreano*: karma
yugo: *n.* yanta

Z

zorro: *n.* rusko
zumo: *n.* pirya, sáva
zurdo: *adj.* hyarmaite

Anexo I:

Sumario de fuentes

Libros de J.R.R. Tolkien:

CA *La Comunidad del Anillo*
DT *Las dos torres*
RR *El retorno del Rey*
AP *Apéndices de El Señor de los Anillos*
S *El Silmarillion*
C *Cartas de J.R.R. Tolkien*
CI *Cuentos inconclusos*
CPI *Los cuentos perdidos, volumen I*
CPII *Los cuentos perdidos, volumen II*
RS *El Retorno de la Sombra*
TI *La Traición de Isengard*
FT *El fin de la Tercera Edad*
SD *Sauron Defeated*
CP *El Camino Perdido* (incluye la *Canción de Fíriel* y las *Etimologías*, referidas por *E*)
MR *Morgoth's Ring*
WJ *The War of the Jewels*
PM *The Peoples of Middle-Earth*
R *The Road Goes Ever On* (incluye el análisis del *Lamento de Galadriel*)
M *Los Monstruos y los Críticos*
TC *A Tolkien Compass*

Libros sobre lenguas élficas:

BQ *Basic Quenya*; por Nancy Martsch, Beyond Bree.
IE *An Introduction to Elvish*; por Jim Allan, Bran's Head.
LE *Les langues Élfiques, Vol. I*; por Edouard Kloczko, Tamise Productions.

Páginas en internet:

AR *Ardalambion*, http://www.uib.no/people/hnohf/

Anexo II:

Resumen de declinaciones

En las próximas páginas vamos a ver un ejemplo de cada tipo de palabra completamente declinado. En las tablas solamente aparecerán las formas que hemos considerado como más probables. Para otras posibilidades véase los apartados de la gramática correspondientes a cada caso.

1. *Palabras de la primera declinación acabadas en vocal* (la **-o** de genitivo pd singular, no desplaza a la vocal final cuando la palabra termina en **-u**):

	Singular	*Plural*	*Partitivo*	*Dual*
Nom. / Acus.	falma	falmar	falmali	falmat
Instrumental	falmanen	falmainen	falmalínen	almanten
Genitivo pd	falmo	falmaron	falmalion	falmato
Genitivo pa	falmava	falmaiva	falmalíva	
Alativo	falmanna	falmannar	falmalinnar	falmanta
Locativo	falmasse	falmassen	falmalissen	falmatse
Ablativo	falmallo	falmallon	falmalillon	falmalto
Dativo	falman	falmain	falmalin	falmant
Adesivo	falmas	falmais	falmalis	

2. *Palabras de la primera declinación acabadas en vocal con raíz terminada en **t** o **d**:*

	Singular	*Plural*	*Partitivo*	*Dual*
Nom. / Acus.	alda	aldar	aldali	aldu
Instrumental	aldanen	aldainen	aldalínen	aldunen
Genitivo pd	aldo	aldaron	aldalion	alduo
Genitivo pa	aldava	aldaiva	aldalíva	
Alativo	aldanna	aldannar	aldalinnar	aldunna
Locativo	aldasse	aldassen	aldalissen	aldusse
Ablativo	aldallo	aldallon	aldalillon	aldullo
Dativo	aldan	aldain	aldalin	aldun
Adesivo	aldas	aldais	aldalis	

3. *Palabras de la primera declinación terminadas en **-ie**:*

	Singular	*Plural*	*Partitivo*	*Dual*
Nom. / Acus.	valie	valier	valiéli	valiet
Instrumental	valiénen	valínen	valielínen	valienten
Genitivo pd	valio	valiéron	valielion	valiéto
Genitivo pa	valiéva	valíva	valielíva	
Alativo	valienna	valiennar	valielinnar	valienta
Locativo	valiesse	valiessen	valielissen	valietse
Ablativo	valiello	valiellon	valielillon	valielto
Dativo	valien	valin	valiélin	valient
Adesivo	valies	valis	valiélis	

4. *Palabras de la segunda declinación terminadas en* **-e**:

	Singular	*Plural*	*Partitivo*	*Dual*
Nom. / Acus.	lasse	lassi	lasseli	lasset
Instrumental	lassenen	lassínen	lasselínen	lassenten
Genitivo pd	lasseo	lassion	lasselion	lasseto
Genitivo pa	lasseva	lassíva	lasselíva	
Alativo	lassenna	lassennar	lasselinnar	lassenta
Locativo	lassesse	lassessen	lasselissen	lassetsa
Ablativo	lassello	lassellon	lasselillon	lasselto
Dativo	lassen	lassin	lasselin	lassent
Adesivo	lasses	lassis	lasselis	

5. *Palabras de la segunda declinación terminadas en* **-e** *con penúltima vocal larga*:

	Singular	*Plural*	*Partitivo*	*Dual*
Nom. / Acus.	lóte	lóti	lótili	lótet
Instrumental	lótinen	lótínen	lótelínen	lótenten
Genitivo pd	lótio	lótion	lótelion	lótito
Genitivo pa	lótiva	lótíva	lótelíva	
Alativo	lótenna	lótennar	lótelinnar	lótenta
Locativo	lótesse	lótessen	lótelissen	lótetsa
Ablativo	lótello	lótellon	lótelillon	lótelto
Dativo	lóten	lótin	lótilin	lótent
Adesivo	lótes	lótis	lótilis	

6. *Palabras de la segunda declinación terminadas en* ***-n***:

	Singular	*Plural*	*Partitivo*	*Dual*
Nom. / Acus.	elen	eleni	elelli	elent
Instrumental	elennen	eleninen	elellínen	elenten
Genitivo pd	eleno	elenion	elellion	elento
Genitivo pa	elenwa	eleniva	elellíva	
Alativo	elenna	elennar	elellinnar	elenta
Locativo	elesse	elessen	elellissen	elenitse
Ablativo	elello	elellon	elellillon	elenilto
Dativo	elenen	elenin	elellin	elenint
Adesivo	elenes	elenis	elellis	

7. *Palabras de la segunda declinación terminadas en* ***-l***:

	Singular	*Plural*	*Partitivo*	*Dual*
Nom. / Acus.	makil	makili	makilli	makilt
Instrumental	makilnen	makilinen	makillínen	makilinte
Genitivo pd	makilo	makilion	makillion	makilto
Genitivo pa	makilwa	makiliva	makillíva	
Alativo	makilenna	makilinnar	makillinnar	makilina
Locativo	makilesse	makilissen	makillissen	makilitse
Ablativo	makillo	makillon	makillillon	makilto
Dativo	makiln	makilin	makillin	makilint
Adesivo	makils	makilis	makillis	

8. *Palabras de la segunda declinación terminadas en* **-s**:

	Singular	*Plural*	*Partitivo*	*Dual*
Nom. / Acus.	indis	indisi	indisili	inidist
Instrumental	indisenen	indisinen	indisilínen	indisinten
Genitivo pd	indiso	indision	ndisilion	inidisto
Genitivo pa	indiswa	indisiva	indisilíva	
Alativo	indisenna	indisinnar	indisilinnar	indisinta
Locativo	indisse	indissen	indisilissen	indisitse
Ablativo	indisello	indisillon	indisilillon	indisilto
Dativo	indisen	indisin	indisilin	indisint
Adesivo	indises	indisis	indisilis	

9. *Palabras de la segunda declinación terminadas en* **-r**:

	Singular	*Plural*	*Partitivo*	*Dual*
Nom. / Acus.	ear	eari	ealli	eart
Instrumental	earnen	earinen	eallínen	earinten
Genitivo pd	earo	earion	eallion	earto
Genitivo pa	earwa	eariva	eallíva	
Alativo	earenna	earinnar	eallinnar	earinta
Locativo	earesse	earissen	eallissen	earitse
Ablativo	earello	earillon	eallillon	earilto
Dativo	earn	earin	eallin	earint
Adesivo	ears	earis	eallis	

10. *Palabras de la segunda declinación terminadas en -t:*

	Singular	Plural	Partitivo	Dual
Nom. / Acus.	nat	nati	natili	natu
Instrumental	natenen	natinen	natilínen	natunen
Genitivo pd	nato	nation	natilion	natuo
Genitivo pa	natwa	nativa	natilíva	
Alativo	natenna	natinnar	natilinnar	natunna
Locativo	natesse	natissen	natilissen	natusse
Ablativo	natello	natillon	natilillon	natullo
Dativo	naten	natin	natilin	natun
Adesivo	nates	natis	natilis	

Gracias a la terminación de dativo dual sabemos que una palabra declinada puede acabar en una combinación permitida de dos consonantes. Sin embargo, ignoramos si es posible una combinación de tres consonantes al final de palabra. Por motivos puramente estéticos hemos supuesto que no (el hecho de no haber encontrado ningún ejemplo avala esta opción, pero no nos permite desechar la contraria).

Índice